STÉLIO TORQUATO LIMA

SHAKESPEARE
NAS RIMAS DO CORDEL

Organização
Arlene Holanda

Ilustrações
Fernando Vilela

São Paulo · 1ª edição · 2013

Giramundo
Editora

Copyright 2013 © Editora Giramundo.
Todos os direitos reservados.

Direção Editorial
Duda Albuquerque
Beto Celli

Organização
Arlene Holanda

Revisão técnica
Marco Haurélio

Revisão
Sâmia Rios

Capa e ilustrações
Fernando Vilela

Projeto gráfico e editoração eletrônica
AGWM Editora e Produções Editoriais

Impressão e acabamento

Edição atualizada com o Novo Acordo Ortográfico da Língua Portuguesa.

Lima, Stélio Torquato
  Shakespeare nas rimas do cordel /Stélio Torquato Lima ; organização Arlene Holanda ; Ilustrações Fernando Vilela. -- São Paulo : Giramundo Editora, 2013.

ISBN 978-85-65845-10-6

  1. Literatura de cordel brasileira 2. Shakespeare, William, 1564-1616 I. Holanda, Arlene. II. Vilela, Fernando. III. Título.

CDD-398.5

Bibliotecária responsável
Tereza Cristina Barros
CRB-8 7410

Editora Giramundo Ltda.
Trav. Leon Berry, 55 – Jardim Paulista
CEP 01402-030 – São Paulo – SP
www.editoragiramundo.com.br
atendimento@editoragiramundo.com.br

ISBN 978-85-65845-10-6

Prefácio

A obra de William Shakespeare – autor cuja figura transita entre o real e o imaginário – faz parte de um conjunto de textos que tem sobrevivido ao longo dos séculos, recontada e reapropriada em diferentes linguagens, como teatro, cinema, quadrinhos, animações, ampliando o público que interage com ela para muito além dos letrados, para diferentes classes sociais.

O reconto de narrativas shakespearianas em cordel vem se somar a essas versões. Essa transposição de "textos de prestígio" para o cordel não é prática recente. Desde finais do século XIX, autores como Leandro Gomes de Barros já vertiam para a linguagem rimada histórias de livretos portugueses. Na década de 1940, o romance *Iracema*, de José de Alencar, foi versificado pelo poeta Alfredo Pessoa de Lima. Muitos outros romances clássicos serviram de inspiração para folhetos de cordel. Câmara Cascudo alerta para a necessidade de reapropriar, de reescrever textos clássicos visando ampliar o círculo de possíveis leitores.

Neste trabalho, fugindo um pouco do esquema de rimas tradicional, em que o primeiro e o terceiro versos são brancos (isto é, sem rimas), Stélio Torquato Lima optou por setilhas (estrofes de sete versos com sete sílabas poéticas), como comprova a segunda estrofe de *Otelo*:

Otelo era afamado	(A)
E por todos conhecido.	(B)
General condecorado	(A)
E muito reconhecido.	(B)
Em Veneza, era aclamado,	(A)
Tendo, de cada soldado,	(A)
O respeito merecido.	(B)

O autor utilizou ainda o recurso conhecido como "deixa", que amarra a rima do último verso de uma estrofe com o primeiro da estrofe seguinte.

Um convite para o leitor mergulhar nesse mar de rimas e ritmos que ondulam ao sabor das instigantes tramas de Shakespeare, tornando-as ainda mais atraentes e desafiadoras.

Arlene Holanda

Índice

Apresentação 6

Tragédias

Romeu e Julieta
8

Hamlet
16

Otelo
30

Macbeth
40

Rei Lear
52

Comédias

Sonho de uma noite de verão
66

O mercador
de Veneza
78

A megera
domada
90

Muito barulho
por nada
114

A tempestade
124

Drama histórico

Ricardo III
136

Apêndice

Considerações sobre as peças
shakespearianas vertidas
144

O autor **150**

O ilustrador **151**

Apresentação

Shakespeare, autor popular

Em 2014 comemoram-se os 450 anos de nascimento de William Shakespeare, excelente oportunidade para que o grande público conheça melhor a obra daquele que é considerado um dos maiores escritores de todos os tempos.

Não que a obra do bardo inglês não seja já bastante difundida entre os leitores e os espectadores, independentemente do lugar onde estejam e de serem ou não especialistas em relação à produção artística do grande autor. Na verdade, nunca se teve tanto contato com o legado artístico shakespeariano: por meio do teatro, do cinema, da TV, dos quadrinhos etc.

É importante lembrar que, desde o século XVIII, não faltaram pesquisadores que questionassem a existência do autor. Para eles, essa "invenção" teria sido uma estratégia usada por algum autor de renome para preservar sua identidade. Nessa perspectiva, várias personalidades já foram apontadas como o verdadeiro autor das peças e sonetos atribuídos a Shakespeare, como o filósofo Francis Bacon (1561-1626) e o escritor Christopher Marlowe (1564-1593). Somam-se a essas polêmicas várias especulações sobre a sexualidade, a religião e outros aspectos da vida do escritor.

Controvérsias à parte, cabe acentuar que a maioria dos estudiosos concorda a respeito de vários pontos da biografia do escritor: nasceu em Stratford-upon-Avon, Inglaterra, em 1564, e morreu em sua cidade natal, em 1616; atribui-se a ele a produção de 154 sonetos, além de 38 peças teatrais, as quais costumam ser classificadas em tragédias, comédias e dramas históricos.

Em seu tempo, Shakespeare produziu um teatro bastante popular. Em nossos dias, entretanto, o autor parece ter-se transformado em um "objeto" particular das academias. Nessa perspectiva, revestindo-se de uma aura de erudição, o teatro shakespeariano parece condenado a permanecer numa altura distante dos leigos.

Levando isso em conta, nossa opção de verter algumas de suas principais peças para os versos do cordel tem como alvo contribuir para a quebra da redoma que insiste em manter o autor distanciado do grande público. Esperamos, portanto, que este trabalho contribua para devolver ao povo uma obra que sempre lhe pertenceu, permitindo a todos desfrutarem da delícia de um teatro que diverte e, ao mesmo tempo, sonda com incrível habilidade poética as profundezas da alma humana.

Tragédias

Romeu e Julieta

Em *Romeu e Julieta*,
Obra de grande esplendor,
A mais notória faceta
Que observa o leitor
Dessa bela historieta
É a força, qual cometa,
Que evidencia o amor.

A derrota do rancor
Entre famílias rivais
Também tem o seu valor
Junto a quem gosta demais
Desse drama cujo autor
É Shakespeare, escritor
De obras fenomenais.

Contam antigos anais[1]
(É verdade — eu prometo!)
Que dois clãs, em tudo iguais,
Viviam vestindo preto,
Pois os embates brutais
Entre as famílias tais
Bagunçavam o coreto.

Sei que erro não cometo
Ao informar, meus amigos,
Que Montéquio e Capuleto
Eram os clãs inimigos
Citados neste folheto.
Eram qual fogo e graveto:
Adversários antigos.

A paz não tinha abrigos
Em Verona, onde viviam
As famílias, que jazigos
Ao clã rival sempre abriam.
Entre rixas e perigos,
Entre ataques e fustigos[2],
Os dias, assim, seguiam.

Nos dois extremos se viam
Julieta e Romeu,
Os quais não se conheciam
— Comunico ao leitor meu.
Como inimigos cresciam,
Mas circunstâncias iriam
Juntá-los — informo eu.

---

1. Narração dos fatos segundo a ordem por que se deram, de ano em ano. Figurativamente, é o mesmo que *História*.
2. Pancada com a ponta da lança. Figurativamente, significa *castigo*.

Eis que um dia ocorreu
De o clã Capuleto dar
Um baile ao grupo seu,
Visando, assim, demonstrar
Junto ao nobre e ao plebeu
Do continente europeu
Seu poderio sem par.

Pra Montéquio nem pensar
Em ingressar no salão,
Na entrada tinha lugar
A seguinte informação:
"Se Montéquio se chamar,
Aqui não pode entrar,
Pois não damos permissão".

Pra Rosalina, que então
Era sua namorada,
Romeu disse: "Eles verão
Que não me impedem a entrada.
Sou Montéquio, não ladrão.
Assim, tal proibição
Jamais será acatada".

Com astúcia, o camarada
Logo conseguiu driblar
Toda a barreira montada,
Podendo no baile entrar.
Foi fácil a empreitada,
Pois só gente mascarada
Lá poderia ingressar.

Pra sua sorte ou azar,
O obstinado xereta
Deu de se apaixonar
Pela bela Julieta.
Viu-a ali a dançar
E nos salões desfilar
A formosa silhueta.

Era paixão de veneta[3]
Ou era um amor à vera[4]?
Sei que a coisa estava preta
E pesada a atmosfera:
O amor, vindo qual cometa,
Não lhe fez ver que a ninfeta
Uma Capuleto era.

A força da primavera
O dominava assim:
"No coração uma pantera
Apoderou-se de mim.
Meu peito se desespera.
Já não suporto a espera.
Esta dor não tem mais fim".

Romeu entrou no jardim
Da casa de sua amada.
Escondido, viu, enfim,
Ela chegar à sacada.
E, em cena de folhetim,
Dela os lábios de cetim
Falam à noite estrelada:

Romeu e Julieta

"É bom se sentir amada
Por alguém como Romeu.
Sem ele, sei, não sou nada;
Sou astro que a luz perdeu.
Guia-me ele na estrada,
Alegrando-me a jornada,
Dando vida ao canto meu."

O jovem se enterneceu
Com essas declarações.
E, mostrando o rosto seu,
Externou as emoções.
Quando ela o percebeu,
De vergonha até tremeu,
Mas ouviu-lhe as confissões:

"Nossos jovens corações
Do amor têm o compasso.
As mais sublimes canções
Escuto, se te abraço.
Só tu me ensinas lições,
De um amor sem senões.
És-me abrigo do mormaço."

"Sem ti, me falta um pedaço.
Contigo, me reinvento.
Quero seguir o teu passo
Sob o lindo firmamento.
Deixa que, em teu regaço,
Eu me cure do cansaço
E de tanto sofrimento."

As juras de sentimento
Foram, assim, se seguindo.
E veio o coroamento
Desse instante puro e lindo:
Sem perder um só momento,
Marcariam o casamento
Pro dia que vinha vindo.

Logo Romeu foi partindo
Pra cela de frei Lourenço.
Sobre o enlace ouvindo,
O padre deu seu consenso.
Depois, afirmou, sorrindo:
"A nova que estou ouvindo
Acolho com gosto imenso".

---

3. Acesso repentino de loucura. No sentido figurado, significa *mania, capricho*.
4. O mesmo que *de verdade*.

Tragédias

Embora um pouco tenso,
O casamento secreto
Teve choro, teve lenço,
E de emoção foi repleto.
Mas ia ficar suspenso
O ato carnal, que o bom senso
Mandava o par ser discreto:

"Seguindo nosso projeto,
Lua de mel só depois.
Eu seguirei meu trajeto,
E nos separamos, pois.
Tens contigo o meu afeto;
Logo teremos um teto
Para vivermos a dois".

Logo que isso propôs,
O jovem se despediu.
Mal a avenida transpôs,
Dois de seus amigos viu.
Ele então se predispôs
A caminhar com os dois,
Porém algo o impediu.

Teobaldo, o primo vil
Da amada de Romeu,
Apareceu todo hostil,
E Mercúcio[5] o rebateu.
Num duelo bem viril,
Teobaldo, com ardil[6],
O adversário venceu.

Mercúcio, assim, morreu
Pela espada do inimigo.
Romeu lutar resolveu,
Sem atentar pro perigo.
Novo duelo ocorreu,
E Teobaldo perdeu,
Tendo a morte por castigo.

Benvólio, o outro amigo,
Pediu pra Romeu fugir.
"Não posso, eu não consigo
E nem tenho pra onde ir.
Mas disso não me maldigo
E a ser julgado me obrigo.
Que venha o que há de vir."

O rei o mandou partir
Bem depressa de Verona.
Mas Romeu não quis sair
De perto de sua dona,
Pois veio a refletir:
"Talvez ela irá sentir
Que o esposo a abandona".

Não deixou, pois, sua zona,
Contrariando o rei.
E, de forma espertalhona,
Pediu ajuda ao frei.
Esta alma bonachona
Acolheu a figurona,
Mesmo sendo contra a lei.

Romeu e Julieta

"Um noivo vos arrumei"
— Disse a Julieta o pai.
"É de meu gosto, sabei,
Pois fazer-vos feliz vai.
Do noivo que arranjei
O nome já vos direi;
Um pouco só esperai."

O pai da donzela sai
E retorna com um senhor.
Dos olhos da moça cai
Uma lágrima de dor.
Em pranto a alma se esvai,
Mas não disse só um "ai"
Frente ao seu genitor.

"Este aqui, oh!, meu amor,
É Páris, um rico conde.
Não verá melhor doutor
Por mais que a cidade ronde.
Vinde aqui, oh!, minha flor,
Conhecer teu benfeitor,
Pois ele te corresponde."

Julieta não responde
E se finge de doente.
Então segue para onde
Possa pensar calmamente.
De um laranjal vê a fronde,
Enquanto algo esconde
Pro seu esposo ausente.

Chama a ama de repente
E lhe diz muito baixinho:
"Destina-se este presente
A Romeu, o meu benzinho.
Frei Lourenço, boa gente,
Ache imediatamente
E lhe entregue o pacotinho".

A ama fez direitinho
O que a dama lhe pediu.
Então Romeu, com carinho,
Um bilhete redigiu.
Foi assim que o casalzinho
Passou a noite juntinho,
Até que o sol surgiu.

---

5. Amigo de Romeu e parente do príncipe de Verona.
6. Plano para enganar alguém.

Tragédias

"A cotovia... ouviu?
A avezinha já canta.
A noite já decaiu
E o sol a treva espanta."
Romeu, então, lhe sorriu,
E, beijando-a, saiu,
Mesmo com um nó na garganta.

Julieta se levanta
E vai Lourenço encontrar.
Logo ela se adianta
A seu problema contar.
O padre de alma santa
Traz a solução que enca nta
A jovem a soluçar:

"Somente pra despistar,
Aceita o tal casamento.
Antes dele irás tomar
Este elixir[7] que apresento.
Com esse líquido sem par,
Como morta irás ficar,
Não tendo mais movimento.

"Após seu sepultamento,
Tudo ficará perfeito,
Pois desse medicamento
Terá passado o efeito.
E, pra teu contentamento,
Tu verás, nesse momento,
Romeu bem junto ao leito".

Pro frei, o plano era um jeito
De cessar todo esse mal
Que afastava, por despeito,
As famílias do casal,
Pois, com o pesar no peito,
Seria o laço refeito
Entre os dois clãs, afinal.

Tornaram, então, real
Aquela ideia engenhosa:
Tomou a poção "letal"
A mocinha tão formosa.
Tudo seguia legal,
Porém, algo acidental
Fez a trama desastrosa.

A figura caridosa
Que o plano idealizou
Aquela trama ardilosa
Numa carta detalhou.
A Romeu a carta em prosa
Mandou a alma piedosa,
Mas ela se extraviou.

E, quando alguém informou
A Romeu que estava morta
A mulher que tanto amou,
Já nada mais o conforta.
Pro mausoléu disparou,
Mas ali logo encontrou
Alguém parado na porta.

Romeu e Julieta

Era Páris que o exorta[8]
A se retirar dali.
O jovem não se importa
E do conselho até ri.
Quando ele assim se comporta,
O conde não mais suporta,
E um duelo fez-se aí.

Lutaram com frenesi.
No entanto, o conde perdeu:
Cortando qual bisturi,
A espada de Romeu
Fez que tombasse ali
O conde cheio de si,
Que, com o golpe, morreu.

O embate o jovem venceu,
Mas sem louros ou troféu:
Só agonia colheu;
Entrando no mausoléu,
Uma lágrima verteu.
Depois, veneno bebeu,
Tombando, sem escarcéu.

Erguendo do rosto o véu,
Julieta despertou.
Viu de Romeu o chapéu
E logo o corpo notou.
Com o peito em fogaréu,
Uniu-se a ele no céu
Com uma adaga que achou.

A tragédia se espalhou
Com todo o efeito seu:
O clã Montéquio chorou,
E o Capuleto sofreu.
Verona se enlutou,
Mas, no fim, o amor ganhou,
Pois o ódio ali morreu.

Assim, digo ao leitor meu,
Ao fim dessa historieta:
Nenhuma força excedeu
Ao amor, neste planeta.
Diz Shakespeare, não eu,
Na tragédia que escreveu,
De *Romeu e Julieta*.

7. Bebida com efeito supostamente mágico.
8. Aconselha, procura convencer por meio de palavras.

Hamlet

Na shakespeariana arca
Há um caso em paralelo,
Sobre a morte de um monarca
E a loucura de um donzelo.
Ocorreu na Dinamarca
Essa história que nos marca.
Contá-la, assim, anelo[9].

Meia-noite no castelo
Chamado de Elsinor,
Horácio — aqui revelo —
Enche os olhos de pavor,
Vendo um fantasma singelo,
Que traz em seu rosto belo
Grande tristeza e dor:

"Diz quem és, oh!, meu senhor.
Diz teu nome, peço eu.
Teu porte e teu esplendor
É de um nobre, não plebeu.
Teu espectro, com vigor,
Faz-me lembrar, com dulçor[10],
Do rei que há pouco morreu".

Na noite de intenso breu,
Sem ao jovem responder,
No ar desapareceu
Aquele estranho ser.
A alma que irrompeu
Foi do rei que faleceu?
Passo agora a esclarecer.

Horácio, ao amanhecer,
Fez a Hamlet uma visita.
Este amigo, pôde ver,
Trazia a alma aflita.
No entanto, vindo a saber
Do que veio a ocorrer,
Ele logo se agita:

"Esta história me excita,
Pois preciso confirmar
Se a alma boa e bendita
De meu pai veio assomar
A essa terra maldita,
Onde o cinismo habita
E a traição fez seu lar".

---

9. (v.) Almejo, anseio ardentemente.
10. Doçura, brandura.

Então, na hora e lugar
Em que a alma surgiu,
Hamlet foi esperar
O ser que Horácio viu.
Assim, veio a contemplar,
Surgindo em pleno ar,
O fantasma, que exprimiu:

"Ao filho meu, que sentiu
Perder totalmente o norte,
Afirmo: quem me feriu
E ao além deu-me transporte
Foi teu tio, alma vil,
Que, com isso, conseguiu
Meu reino e minha consorte[11].

"Eu dormia, quando a morte
Veio em gotas, pelo ouvido.
E fui, com o veneno forte,
Pro mundo desconhecido.
Assim, me negaram a sorte
Da confissão, passaporte
Ao céu, o lar tão querido".

Sofrendo por ter partido
Sem o perdão eternal,
Ao filho faz um pedido:
A morte do irmão boçal.
Disse o rapaz, comovido,
Frente ao que foi requerido
Pelo ente fantasmal:

"Para vingar todo o mal
Que o tio veio a fazer,
Como um doente mental
Passarei a proceder.
Agirei como um anormal
Até o momento ideal
De a vingança exercer".

Cabe então esclarecer
Que nessa ocasião
Reinava Cláudio, a saber,
Do rei morto o irmão.
E a viúva por dever
Teve, pois, que receber
O cunhado em união.

Hamlet

Em grande tribulação,
Logo o filho da rainha
E do rei morto em questão
Fingir-se de louco vinha.
Mas a perda da razão
Era só uma armação,
Um ardil[12] que lhe convinha.

O que realmente tinha
Era uma dor bem veraz[13],
Mágoa profunda e mesquinha,
Que não o deixava em paz.
Contra o tio, erva daninha,
Toda essa mágoa mantinha.
E assim pensava o rapaz:

"Pela ambição voraz[14],
Meu tio matou o rei,
Um soberano audaz[15]
E um pai que sempre amei.
Mas, esperai, satanás:
Por meu nobre pai, que jaz,
Um dia me vingarei".

Porém, Hamlet — informarei —
Sentia, de vez em quando,
Uma dúvida — sabei —
Que o estava atormentando:
"Foi meu pai que avistei,
Ou o ser que contemplei
Era o diabo lhe imitando?"

Vivia se questionando
Por que, então, lhe ocorria:
"Se o diabo está me enganando,
Matar o meu tio, um dia,
Será um crime nefando[16],
Pois estarei me vingando
De alguém que não merecia".

A dúvida arrefecia[17]
O ânimo pra vingar
O pai, que então jazia
E que, assim, dera lugar
Ao irmão, que usufruía
Do que não lhe pertencia:
A rainha, o trono, o lar.

11. Cônjuge.
12. Plano para enganar alguém.
13. Que diz a verdade. É o mesmo que *verídico, verdadeiro*.
14. Que come com sofreguidão. Figurativamente, significa *destruidor, que causa ruína*.
15. Audacioso, atrevido, ousado.
16. Abominável, odioso.
17. Cedia, abrandava.

Tragédias

Não o podia alegrar
Nem Ofélia, moça linda,
Que vivia a cortejar,
Quando um sorriso ainda
Vinha a face adornar,
Podendo a ela expressar
Versos de beleza infinda.

Então, uma trupe provinda
De um lugar bem distante
Vem trazer para a berlinda
Encenação delirante.
Hamlet a trupe brinda,
Vendo ali forma bem-vinda
De desvendar um farsante.

É que ele, nesse instante,
Pra trupe uma cena oferta
Na qual alguém aviltante[18]
Ao irmão traz morte certa.
Ao levar a peça avante,
Crê que a culpa no semblante
Do tio será desperta:

"A plateia, boquiaberta,
Na cena do assassinato
Verá que se desconcerta
Seu rei ao ver esse ato.
Será então descoberta
Dele a culpa pura e aberta
Na morte do irmão cordato[19]".

Este trecho — já relato —
O tal grupo ia acrescer
À peça, seguindo o trato
Que o moço veio fazer.
Mas antes que o contrato
Se efetivasse de fato,
Hamlet veio a dizer:

"Oh!, meu Deus: ser ou não ser?
Eis a crucial questão.
Que é mais nobre: sofrer
Ou lutar, tombando ao chão?
É a verdade querer,
Ou por fim desvanecer,
Pondo um fim à aflição?

"Se em nosso coração
Houvesse essa certeza,
Ante uma grande opressão,
Maus-tratos ou vil torpeza[20],
Bastaria ter à mão
Um punhal, dando extinção
À vida e à tristeza.

"Por nós seria a dureza
Dos vis fardos acolhida
Se não fosse a incerteza
Sobre o que se segue à vida?
Mas morto algum, por fineza,
Nos falou da natureza
Da pátria desconhecida.

"Sem saber o que a partida
Deste mundo há de trazer,
Toda ação é comedida,
E o receio há de suster[21]
A atitude atrevida.
Nossa alma, entristecida,
À inércia há de pender."

Depois de isso dizer,
O príncipe foi tratar
Do que deviam fazer
Os que iam encenar.
Tudo fazia por crer
Que assim ia poder
Seu tio desmascarar.

Então, tomando lugar
Toda a corte na assembleia,
Hamlet, a comentar
A peça que ali estreia,
Pôde então concretizar
O que veio a imaginar,
Pondo em ação sua ideia.

Da encenada epopeia,
A passagem que, de fato,
Mais comoveu a plateia
Foi a do assassinato.
O rei, frágil qual geleia,
Teve até dispneia[22],
Mostrando-se estupefato.

18. Aquele ou aquilo que desonra, humilha, rebaixa.
19. Sensato, prudente, pacato.
20. Desonestidade, procedimento indigno.
21. Conter, deter.
22. Dificuldade em respirar, acompanhada de uma sensação de mal-estar.

Nesse momento exato,
Hamlet concluiu:
"Vejo agora que o rato
Na armadilha caiu.
Que pague, de imediato,
Por esse nefando ato,
Cruel como ninguém viu".

O rei logo pressentiu
A armadilha montada.
Desde então, decidiu
Dar um cabo à jornada
Do sobrinho tão hostil,
Que montou todo o ardil,
E pensou o camarada:

"Antes que a sua espada
Me atravesse o coração,
Provarás, alma danada,
Da astúcia de minha mão.
Pra ti está destinada
A desditosa[23] morada
Pra qual levei meu irmão".

Dando ao pensamento ação,
Por dois homens chama o rei,
Que o ouvem com atenção,
Muito mais do que a um frei:
"Mandarei o cidadão
Pra Inglaterra e, então,
Ouçam bem o que farei:

"Por carta eu pedirei
Ao rei inglês um favor:
Que a Hamlet, esse sem lei,
Traga um fim aterrador.
A carta que escreverei
Por vocês enviarei
Ao irem com o ofensor".

Indo cada malfeitor
Para sua moradia,
O monarca usurpador
As mãos logo reunia
E, orando com fervor,
Nem lembrava o matador
Que há pouco o mal urdia[24].

Hamlet

Logo após, ali surgia
O bom Hamlet, que, assim,
Pra sua surpresa via
O monarca tão ruim
A orar com euforia,
Como se sua tirania
Tivesse chegado ao fim.

Hamlet via, enfim,
Rara oportunidade
Pra fincar seu espadim
Nas costas da majestade,
Mas o nobre espadachim
Saiu dali pro jardim,
Pensando com gravidade:

"Retraio minha vontade,
Pois a hora não é boa:
Ele pede piedade,
E Deus a todos perdoa.
Salvando-se essa ruindade,
Sua morte, de verdade,
Pra mim terá sido à toa".

Essa ideia ainda ecoa
Em seu jovem coração,
Quando a mãe o magoa
Durante uma discussão.
Defendia-lhe a pessoa,
Quando algo ali destoa,
Chamando sua atenção.

Era uma movimentação
Que viu atrás da cortina.
Pensando que Cláudio, então,
Estava ali, na surdina,
Sem qualquer vacilação,
Golpeou o cidadão,
E a morte foi repentina.

Atrás da seda tão fina
Quem, de fato, se escondia
Era o pai da menina
Que Hamlet amara um dia.
Uma espada assassina
Terminava, assim, a sina
Do pai da bela guria.

23. Infeliz, desventurada.
24. Maquinava, arquitetava.

Sabendo do que ocorria,
Ofélia enlouqueceu,
Pois muita afeição nutria
Pelo seu pai, que morreu.
Da razão se despedia
E, descalça, irrompia
Dentro da noite de breu.

Laertes, o irmão seu,
Deixa a França, nação bela,
Pois ele compreendeu
A fragilidade dela.
O rei Cláudio o recebeu
E esforços empreendeu
Para acirrar a querela[25]:

"De Hamlet vem a mazela[26]
Que assola este lugar,
E que a tua parentela
Teve o fito[27] de enlutar.
Matai-o, e a cidadela,
Em vez de te pôr na cela,
Irá te homenagear.

"Eu irei envenenar
A lâmina de tua espada.
Com ele irás lutar,
Bastando uma estocada
Pra ele ao chão tombar,
Vindo você a vingar
Teu pai e tua irmã amada".

Também taça envenenada
Do rei a mão malfazeja[28]
Preparou para ser dada
Ao vencedor da peleja:
"Assim tenho assegurada
A morte do camarada,
Mesmo que vencedor seja".

Enquanto isso planeja,
A rainha anunciou:
"Laertes, que te proteja
O bom Deus que nos criou,
Pois tua irmã benfazeja[29]
Caiu de um pé de cereja,
E no rio se afogou."

Hamlet

Laertes, quando escutou
A triste informação,
Mais ódio acumulou
Contra Hamlet, então.
O jovem, assim, jurou
Matar quem tanto causou
Pesar em seu coração.

Por essa ocasião,
Na Inglaterra se achava
O príncipe em questão,
Que Laertes odiava.
Partira pra tal nação
Por força da imposição
De Cláudio, que então reinava.

Com o príncipe viajava
O par que atestaria,
Como a carta ditava,
De Hamlet a agonia,
Pois era contada fava:
Tudo o que Cláudio ordenava
Sempre o rei inglês cumpria.

Hamlet, que conhecia
Quão vil era o rei distante,
Abriu, em segredo, um dia,
A carta horripilante.
Logo outra carta escrevia,
Na qual a morte pedia
De quem a portasse avante.

Sua carta — isso é importante —
Pela do rei logo troca.
Então, a dupla aviltante
Logo o príncipe convoca
E, com um sério semblante,
Diz que levem num instante
A carta que aqui se enfoca.

A dupla, que não se toca,
Sai com a carta referida.
O rei inglês, que se choca
Logo que a carta é lida,
Depressa a guarda evoca,
Que para ali se desloca,
E a dupla é abatida.

25. Questão, discussão.
26. Ferida, doença, mal, aflição.
27. Figurativamente, significa *alvo, intento, objetivo*.
28. Que ou quem se apraz em fazer mal; malvada; nociva.
29. Que gosta de fazer o bem; bondosa.

Tragédias

Por piratas, em seguida,
Foi o príncipe raptado,
Quase perdendo a vida,
Sob o bando degredado.
Só a ajuda devida
De Horácio trouxe a saída
Pro caso tão complicado.

Com Horácio, amigo honrado,
Homem de brio e bravura,
Voltou ao país amado,
O príncipe, cuja aventura
O deixara fatigado.
E ao campo-santo chegado,
O par cruza a terra escura.

Dois coveiros, nessa altura,
Nos átrios do cemitério,
Filosofia obscura
Discutiam bem a sério:
"Uma cristã sepultura
À suicida criatura
É correto ou vitupério[30]?"

Temas, como o adultério,
Dominavam a discussão,
Entre os tais — que despautério! —
A nobreza de Adão.
Como a desvendar mistério,
Discute um, sem critério,
Sobre a melhor profissão.

Entrando de supetão
Na conversa tão faceira,
Os coveiros logo dão
Pra Hamlet uma caveira,
Que, segundo a informação,
Foi de um bobo bonachão,
Um ingênuo de primeira.

Mudando a face inteira,
Hamlet ao amigo diz:
"Conheci sobremaneira
Este pobre infeliz.
Às costas, por brincadeira,
Me punha, e a tarde inteira
Me sentia, ali, feliz.

Hamlet

"Nos meus tempos de petiz[31],
Quantas caretas fazia...
Com seus gestos pueris,
Riso em todos produzia.
Agora não tem nariz
E nem os lábios gentis
Que espalhavam alegria".

Quando nisso refletia,
Um cortejo vai chegando,
O qual de Ofélia trazia
O corpo tão memorando.
Mas Hamlet não sabia
Quem o grupo conduzia
No caixão que ia levando.

De longe observando,
Ele logo reconhece
Todos os que vão andando
Com pesar, lamento e prece.
Não tarda, e vai notando
Quem é que estão sepultando,
Enquanto ali anoitece.

E quando Laertes tece
Pra irmã morta um louvor,
Logo Hamlet aparece
E diz com todo vigor:
"Por ela, é bom que eu confesse:
O meu amor prevalece
Ao de todos, em fervor".

Com profundo dissabor,
Laertes logo refuta:
"Logo você, o autor
De nossa dor tão arguta[32]?"
Sem temer o opositor,
Hamlet, com todo furor,
Se prepara pra disputa.

Condenando a conduta
Dos nobres em desavença,
Que viam na força bruta
Solução pra diferença,
A turba[33] logo amputa
Aquela provável luta,
Que, assim, fica suspensa.

---

30. Censura áspera devido a atos vergonhosos. Significa também *insulto, injúria, ultraje*.
31. Menino, criança.
32. Sutil e engenhosa.
33. Grande ajuntamento de pessoas; multidão.

Tragédias

No entanto, a desavença
Entre os tais é retomada,
Quando souberam ter sido
Grande quantia apostada.
Havia grande alarido,
E quem tombasse vencido
Teria a honra arruinada.

Envenenar a espada
De Laertes: eis o plano,
Pois, tendo a pele arranhada,
Hamlet sofreria o dano.
Mas, se vencesse a parada,
Uma taça envenenada
Lhe daria o rei tirano.

Na roda do desengano,
Chega o dia do combate,
Sendo Hamlet soberano
No início do embate.
Cláudio, muito desumano,
Ao sobrinho — lhes explano —
Dá a taça pra que o mate.

Sem que a oferta acate,
Hamlet prossegue lutando,
Não pensando em empate
No embate tão nefando.
E num trágico arremate,
Pra que a rainha se hidrate,
Ela o vinho vai tomando.

Mesmo o rei lhe implorando,
Ela da taça bebeu.
Com isso, foi descorando,
Até que desfaleceu.
Mas, antes, foi perguntando:
"Ó, Cláudio, seu miserando,
Por que veneno me deu?"

Nesse momento, perdeu
Laertes a sua espada
Para o inimigo seu
Naquela luta acirrada.
Com ela — informo eu —,
No rival, Hamlet deu
Uma leve estocada.

Como estava envenenada,
Laertes logo tombou,
Sendo, assim, finalizada
A vida que ele arriscou
Na luta tão disputada
E que tinha sido armada
Pelo rei que lhe enganou.

Também Hamlet não poupou
Do cruel tio a vida,
Pois logo o obrigou
A tomar toda a bebida
Que este envenenou,
E que a existência ceifou
De sua mãe tão querida.

Hamlet

Mas terrível despedida
Teve o herói igualmente,
Pois tinha a pele ferida,
Ainda que levemente,
Pela espada referida
Onde a mão homicida
Pôs o veneno potente.

Sentindo a morte iminente,
Disse ao amigo cortês:
"Vejo, Horácio, claramente,
Da morte a sisudez.
Quanto ao reino, é prudente
Que Fortimbrás fique à frente.
O resto é só mudez".

E o nobre norueguês[34],
Cumprindo a profecia,
No trono dinamarquês
Reinou com sabedoria.
E a Hamlet — saibam vocês —,
Funeral com honradez
Conferiu com fidalguia.

E se viu, como anuncia
A shakespeariana arca,
Que entre terra e céu havia
Muito mais coisas que abarca
Nossa vã filosofia,
E algo de podre existia
No reino da Dinamarca.

---

34. Referência a Fortimbrás. Embora desempenhe um pequeno papel em *Hamlet*, Fortimbrás detém uma função importante: com a morte do príncipe Hamlet e dos demais candidatos ao trono dinamarquês, o nobre norueguês é apontado pelo protagonista da peça pouco antes da morte deste como o herdeiro do trono vacante, vindo a representar as esperanças de um futuro de paz para a Dinamarca. É Fortimbrás, a propósito, que irá conferir a Hamlet um funeral digno dos grandes reis, episódio que encerra a peça em foco.

Tragédias

Otelo

Mostra um caso triste e belo,
Pelo tempo consagrado,
Que o ciúme é um flagelo
Que tortura o enciumado.
Vê-se esse lema singelo
Na tragédia de *Otelo*,
Como aqui será mostrado.

Otelo era afamado
E por todos conhecido.
General condecorado
E muito reconhecido.
Em Veneza, era aclamado,
Tendo, de cada soldado,
O respeito merecido.

Mas o rapaz tão querido
Em alguém causou rancor:
Brabâncio era o referido,
Sendo o mesmo senador.
Ele estava enfurecido
Porque a filha, pra marido,
Escolhera o tal senhor:

Tragédias

"Um mouro[35] de escura cor
Não é marido pra ela.
Ela é nobre, tem dulçor[36]
E é moça fina e bela.
Por certo esse sedutor
Conquistou dela o amor,
Ao jogar feitiço nela".

Desdêmona, a donzela
Que seu pai contrariou,
Vem a este e lhe revela
Que com Otelo casou
Por uma afeição singela,
E que todo o amor dela
Para ele consagrou.

O pai, então, se calou,
Mesmo achando ser castigo
Tudo o que então escutou,
E logo falou consigo:
"Otelo a enfeitiçou;
Por isso ela rejeitou,
Para esposo, o bom Rodrigo".

A dizer-lhes me obrigo
Que Rodrigo, o citado,
De Brabâncio era amigo,
Sendo nobre e endinheirado.
Por Desdêmona, lhes digo,
Trazia um amor antigo,
Mas veio a ser rejeitado.

Dentre os membros do senado,
Ou dentre os nobres de porte,
Brabâncio tinha sonhado
Em dar à filha o consorte[37].
Porém, tendo ela optado
Pelo mouro afamado,
Restou lamentar a sorte.

Permitam-me dar um corte
Na história, neste instante,
Para falar alto e forte
Sobre um sujeito aviltante[38],
Que uma trama de morte
Iria dar o aporte[39],
Como veremos adiante.

Esse ser mau e farsante
Era o pérfido Iago.
De Otelo era ajudante,
Sendo um oficial bem pago.
Mas sua língua intrigante,
Numa maldade gritante,
Vivia causando estrago.

Como um maléfico mago,
Que usa o poder pro mal,
Dele até mesmo o afago
Tinha algo de fatal.
Seu olhar, falso e vago,
Era um bonito lago
Cujo fundo é lodaçal.

Sonhava o oficial
Com o posto de tenente.
Mas Otelo, o general,
Dera a Cássio a patente.
Isso trouxe ódio mortal
Ao coração tão boçal
Do citado assistente.

De fato, bem de repente,
Iago montar iria
Um plano inconsequente,
Como depois se veria.
Tudo isso, minha gente,
Eu conto só mais à frente,
Que enredo não se desvia.

Mantendo a harmonia
Da presente narração,
Informo que em Chipre[40], um dia,
Surgiu esta informação:
O tal boato dizia
Que muitas naus da Turquia
Promoveriam invasão.

Com grande agitação,
O senado de Veneza
Fez uma convocação,
Pra preparar a defesa
Da tal ilha em questão,
Onde passavam, então,
Cargas de grande riqueza.

Causando grande surpresa
Entre os pares do senado,
Brabâncio, com aspereza,
Diz que Otelo, ali sentado,
Fizera, por malvadeza,
De Desdêmona uma presa,
Por tê-la enfeitiçado.

Sendo o caso julgado
Por todos os senadores,
Otelo é inocentado
Pelos citados senhores,
Que viam no acusado
O homem capacitado
Pra livrar seu lar das dores.

---

35. Indivíduo árabe ou berbere habitante do norte da África ou, mais propriamente, da Mauritânia (Marrocos). Por extensão, diz respeito aos muçulmanos que invadiram a Europa (Península Ibérica) a partir do século VIII (711). Os mouros só seriam definitivamente expulsos em 1492, pelos reis católicos espanhóis Fernando e Isabel. Esse episódio ficou conhecido como Reconquista.
36. Doçura, brandura.
37. Cônjuge.
38. Aquele ou aquilo que desonra, humilha, rebaixa.
39. Subsídio de natureza moral, social ou científica, usado para atingir determinado fim.
40. Ilha dominada pela então República de Veneza, de 1489 até a invasão dos turcos otomanos, em 1570.

Disse um dos oradores,
Resumindo a questão:
"A Otelo dou louvores,
Pois é o único varão[41]
Que nos fará vencedores
Contra os turcos detratores,
Que ameaçam a nação".

Encerrada a votação,
Otelo a Chipre iria
Pra montar a expedição
Contra a esquadra da Turquia.
Seguindo o marido, então,
Em outra embarcação
A mulher também seguia.

Encerrando a calmaria
Da marítima paisagem,
A tempestade caía
Com indômita[42] voragem[43].
Com isso, se dividia
A frota que conduzia
Os cônjuges em viagem.

Bem depois, quando a aragem[44]
Anunciou a bonança,
Desdêmona, qual miragem,
Viu de Chipre a pujança[45].
Com sua farta bagagem
E toda a criadagem,
Ela então a terra alcança.

Tinha grande esperança
De reencontrar Otelo.
Felizmente, sem tardança,
Se fez real seu anelo[46].
Feliz como uma criança,
Logo ouviu a voz tão mansa
Do marido forte e belo:

"Com alegria, revelo
Agradável novidade:
Ao inimigo, o flagelo
Trouxe a grande tempestade.
Sem sangue e sem duelo,
Ruína sem paralelo
Os abateu de verdade".

Com grande felicidade,
Otelo comemorou
Aquela fatalidade
Que a esquadra turca tragou.
Enquanto a paz o invade,
A semente da maldade
No vil Iago brotou.

Um laço Iago montou
Para Cássio apanhar,
Já que este conquistou
O que o vil sonhou ganhar:
Como aqui já se contou,
A patente que aspirou
Ganhou Cássio, em seu lugar.

Otelo

Para o rival derrotar,
Ele, como era costume,
Terminou por adentrar
As regiões de negrume
Onde o diabo fez seu lar,
E de onde sai pra tentar
A quem não tem o bom lume[47].

Sabendo que o ciúme
É mal que não se controla,
Pois, qual afiado gume[48],
Vitima, fere, assola,
Iago espalhou o estrume
Onde a dor e o queixume
Comeriam de esmola.

E Otelo logo se atola
No armado lodaçal,
Visto que foi dando bola
Ao que Iago, o boçal,
Ia pondo em sua cachola,
Com o que logo controla
O afamado general.

O início de todo o mal
Se deu numa grande festa.
Para Otelo era a tal
Festança nada modesta.
Ali a sanha[49] fatal
De Iago, o cruel chacal,
Bem claro se manifesta.

A figura tão molesta
A Cássio embriagou.
E pra que a trama funesta
Seguisse, ele incitou
Rodrigo, figura honesta,
A uma briga indigesta
Contra o que se embebedou.

Quando a briga terminou,
Perdeu Cássio a patente,
Pois Otelo não gostou
Da notícia que o tenente
Numa luta se jogou,
E, por isso, o retirou
Do posto imediatamente.

---

41. Indivíduo do sexo masculino; homem.
42. Que não pode ser vencida; arrogante.
43. Aquilo que sorve, traga, devora. Figurativamente, tudo que é tragado ou arrebatado com ímpeto ou violência.
44. Vento brando e fresco.
45. Exuberância.
46. (*subst.*) Desejo ardente, anseio, aspiração.
47. Figurativamente, *ilustração, doutrina*.
48. Lado afiado de uma lâmina.
49. Fúria, ímpeto de raiva; furor.

Tragédias

Iago, muito contente
Com a primeira vitória,
Passou, ardilosamente,
A dar corpo a uma história
Que contaria, à frente,
A Otelo, que infelizmente,
Creria na trama inglória.

Enredado na oratória
Da peça vil que mentia,
Pra Otelo escapatória
Dificilmente haveria.
A atitude simplória
Traçava uma trajetória
Que à desgraça levaria.

Iago, assim, prosseguia
Com o seu ardiloso plano.
E logo a Cássio enchia
Com mentira e engano,
Dizendo, em certo dia,
Que Desdêmona podia
Reparar deste o dano:

"Otelo é bom fulano,
Mas seu orgulho é forte.
Mais doce e mais humano
É o coração da consorte.
Conta-lhe teu desengano
E o general soberano
Há de reparar-te a sorte".

Cássio, com seu belo porte,
Nem sequer imaginou
Que pra cilada de morte
Iago o empurrou.
Sem saber, dava suporte
À mentira, que era aporte
Do que Iago tramou.

Algo importante vou
Contar-lhes, pois me convenço
De que isso é que causou
Um desastre tão intenso:
Todo o caso começou
Quando Otelo falou
A Iago de um lenço.

Valor afetivo imenso
Tinha a peça, pois Otelo,
Na Festa de São Lourenço,
A ganhou da mãe — revelo.
Dos detalhes lhes dispenso,
Porque o importante — penso —
É o seu papel de elo.

Pra Iago, qual tagarelo,
Disse Otelo, de repente,
Que dera o lenço singelo
À esposa atraente.
Iago, o vil amarelo,
Fez do lenço um flagelo,
Arruinando muita gente.

Otelo

Iago, astutamente,
Pra Emília, a mulher, falou:
"O lenço, que, de presente,
Otelo à esposa entregou,
Pegue sorrateiramente,
Dando-me, rapidamente,
O mimo que ela ganhou".

Emília, então, visitou
A mulher do general,
A qual, por azar, deixou
Que caísse o lenço tal.
Como ela não notou,
Emília se aproveitou,
Pegando o lenço, afinal.

Com essa prova cabal,
Iago diz, triunfante:
"Otelo, amigo leal,
Tua mulher tem um amante,
A quem, num gesto imoral,
Deu o lenço especial
Que deste em gesto galante".

O general, comandante
De soldados varonis,
Tinha agora, no semblante,
Do vil ciúme o matiz.
Chegando à casa arfante,
Para a mulher elegante
Perguntou o infeliz:

"Ages como meretriz,
Manchando o santo leito?
Debaixo de meu nariz
Tu me faltas com o respeito?
Se nada disso condiz,
Corta o mal pela raiz,
Trazendo o lenço, com efeito".

Tratada daquele jeito,
Desdêmona se calou
E com grande dor no peito
O seu lenço procurou.
Mas o mal já estava feito,
E o marido, por despeito,
Pra rua se deslocou.

Iago, então, colocou
No quarto de Cássio o lenço.
Após isso, ele levou
Otelo, que andava tenso,
A crer que Cássio o enganou,
Sendo o amante que ousou
Trazer-lhe pesar tão denso.

Iago, tornando imenso
O engodo que então urdiu,
Deixou Otelo suspenso
Quando, oculto, esse ouviu
De Cássio um papo extenso,
Cujo assunto pretenso
Era algo que o atingiu:

Tragédias

"Ela sempre me atraiu,
Iago, meu camarada.
Quem com ela já dormiu
Tem a alma enfeitiçada
Ela é flor de abril,
Que, em manhã primaveril,
Abre pra ser cortejada".

De Bianca, assim chamada
Uma meretriz, Cássio fala.
Mas a mente enciumada
De Otelo se abala,
Pois crê que o camarada
Fala da mulher amada,
A qual, crê, o apunhala.

Iago, que o mal exala,
Preparara toda a cena.
Cássio, assim, caiu na vala
E, falando, se condena.
Otelo, que ali se cala,
Uma mentira embala:
"Cássio ama sua pequena".

O mouro mais se envenena
Vendo Bianca chegar,
Pois, a Cássio ela acena
De Otelo o lenço sem par.
Cássio o dera à morena,
Quando, em inocência plena,
Encontrou-o em seu lar.

Oculto, em seu lugar,
Otelo fala consigo:
"Como poderia estar
O lenço com o falso amigo?
Não há mais como negar:
O lenço veio a ganhar
De quem se casou comigo".

Otelo sai do abrigo
E segue pra moradia,
Onde da esposa — lhes digo —
Vingar-se ele pretendia.
Voltado pro próprio umbigo,
Nele habitava o perigo
De uma mente doentia.

Otelo

A esposa, que havia
Sido a ele tão fiel,
Sem demora provaria
O mais amargoso fel[50]
Pois ele a asfixia
E, assim, ela morria,
Se extinguindo seu mel.

Não tardou pra que o véu
Do engano fosse rasgado,
Pois Emília, vendo o fel
Que a amiga tinha provado,
Delata o monstro cruel:
Iago, a vil cascavel,
Que os tinha envenenado.

Vendo-se desmascarado,
Iago tenta escapar.
Mas, antes, o descarado
Tem tempo pra assassinar
Emília, que, em alto brado,
Tinha a todos revelado
Do marido o mal sem par.

Depois de a mulher matar,
Tentou fugir o vilão,
Mas o conseguem achar
E o põem numa prisão.
Ali iria pagar
Pela maldade sem par
Nascida da ambição.

Já Otelo, em que a razão,
Pelo remorso, se esvai,
Apunhala o coração
E sobre a esposa cai.
Pedindo a Deus perdão,
Beija a esposa com paixão,
E, assim, desta vida sai.

Queira Deus, nosso bom Pai,
Nos livrar de igual flagelo,
Pois quem, com ciúme, vai
Erigindo seu castelo,
A dor pra si sempre atrai,
Como se vê — atentai —
Para a tragédia de *Otelo*.

---

50. Líquido corporal muito amargo contido numa vesícula aderente ao fígado. Figurativamente, significa *coisa muito amarga*.

Tragédias

Macbeth

Macbeth nos franqueia[51]
Profundas reflexões,
Pois ela nos presenteia
Com incríveis descrições
De quem se enreda numa teia,
Por ter uma alma cheia
De maldades e ambições.

Relâmpagos e trovões
Assaltam o céu noturno.
Três bruxas, nos caldeirões,
Num trabalho diuturno,
Preparam cruéis poções,
Rogando imprecações
Ao filho do deus Saturno[52].

Então, em tom taciturno,
Uma delas vem lembrar
Que é chegado o turno
De o trio se encontrar
Com Macbeth, o soturno
General, cujo coturno[53]
Gastou-se pelo lutar.

Nesse instante, vem falar
A Duncan, rei escocês,
Um sargento a sangrar,
Coisa que a guerra lhe fez.
Já prestes a desmaiar,
As boas-novas sem par
Descreveu, com altivez:

"O monarca irlandês,
Que contra nós se armou
E com o rei norueguês,
Astuto, se aliou,
Pagou pela insensatez,
Exterminado de vez
Por nós, a quem enfrentou.

"Macbeth imputou
Uma derrota humilhante
Contra o exército que ousou
Tal ação beligerante.
Banquo o auxiliou,
E, por isso, conquistou
Também a glória pujante."

---

51. Facilita acesso a.
52. Alusão a Júpiter (equivalente romano ao deus grego Zeus).
53. Espécie de calçado de solas altas.

Naquele mesmo instante,
Na charneca[54] tão sombria,
Chega o som tonitruante[55]
De um tambor que anuncia
Que Macbeth, avante
Do exército triunfante,
De volta pra casa ia.

As três bruxas, com alegria,
Ouvindo o som do tambor,
Seguiram para a via
Por onde o vencedor
Logo atravessaria,
Rumo a sua moradia
E aos braços de seu amor.

Vendo o trio aterrador
Que logo à frente se ajunta,
Banquo, o nobre senhor,
A Macbeth pergunta:
"Vês tais seres? Que horror!
São mulheres? Se assim for,
Cada uma é qual defunta".

Macbeth então se junta
A Banquo na hesitação,
Pois também se desconjunta
Frente à insólita visão.
Mas logo a razão rejunta
E, à tríade conjunta,
Ordena: "Digam quem são!"

"De Glamis, salve o Barão!" —
É a resposta da primeira.
"Barão de Cawdor! — Verão." —
Diz a segunda parceira.
"Para quem desta nação
Será rei, a saudação!" —
Fala, enfim, a terceira.

A primeira feiticeira
Não trazia novo dado:
Pois Barão, sobremaneira,
De Glamis era o citado.
Mas a outra e a derradeira
Profecia alvissareira[56]
Haviam apresentado.

Surpreso e espantado,
Macbeth pensa assim:
"Estarei sendo logrado,
Ou profetizam, enfim?
Se antecipam meu fado,
Logo verei, com agrado,
Que a sorte sorriu pra mim".

Também não era ruim
Pra Banquo a profecia:
"Tu não serás rei, mas sim
Tronco que dará um dia
De reis linhagem sem fim,
Com coroa e coisa afim
Que é própria da monarquia".

Pela força da magia,
As bruxas somem no ar.
E um fato se seguiria
Que fez Macbeth achar
Que a verdade revestia
A fala que, nesse dia,
Das velhas veio a escutar.

Tudo porque viu chegar,
Na companhia de um frei,
Alguém que veio lhe dar
Esta informação, sabei:
"Acabas de te tornar
De Cawdor o Barão sem par,
Com o que muito me alegrei".

De Macbeth verei
Como era o coração:
Como um fora da lei
Guiado pela ambição,
Macbeth — lhes direi —
Achou que se tornar rei
Seria uma obrigação:

"Vendo a confirmação
Da primeira profecia,
Vejo a predestinação
Que rei me fará um dia.
Como fugirei, então,
Desta sagrada missão
Que o bom Deus me confia?"

Pra mulher logo escrevia
E a história ia descrevendo.
Lady Macbeth sorria
Quando foi aquilo lendo.
E logo a ambição crescia,
O que depois a faria
Pagar alto dividendo.

Vale aqui um adendo
Pra explicar o poder
Vigoroso e tremendo
Que ela vinha a ter
Sobre o marido, podendo
Levá-lo a caminho horrendo,
Como já iremos ver.

---

54. Terreno árido com vegetação rasteira.
55. Que troveja.
56. Prometedora, auspiciosa.

Tragédias

Veio um dia a ocorrer
De o rei ir ver o casal.
Veio, então, a resolver
Dormir na morada tal.
Até o amanhecer,
Iria lhe acolher
O seu amigo leal.

Mas foi por demais fatal
A citada decisão,
Uma vez que a voz do mal,
Junto à mulher do barão,
Urdiu[57] a trama letal,
Uma teia que, ao final,
Ao rei daria extinção.

Ao esposo, com ambição,
Lady Macbeth dizia:
"Deves dar um empurrão
Pra cumprir-se a profecia.
Vais esperar um tempão,
Tendo um atalho à mão?
Chamo a isso covardia!"

Tudo Macbeth ouvia,
Deixando que a peçonha
Que a mulher aspergia[58]
Virasse coisa medonha.
E a ambição, que crescia,
Dele logo consumia
A honra, a fé, a vergonha.

Com a mulher tão bisonha,
No quarto do rei entrou.
O monarca, que então sonha,
A dormir continuou.
Tendo à cabeça a fronha,
Nada faz pra que se oponha
Ao que a má dupla forjou.

Macbeth até vacilou
No derradeiro instante,
Mas a mulher o incitou,
E ele seguiu adiante,
Até que, afinal, matou
O rei que tanto o honrou
E que o amava bastante.

Depois, o par aviltante[59]
Pôs a culpa nos soldados,
Os quais, naquele instante,
Se achavam embriagados.
E, pra atestar o flagrante,
O casal pôs adiante
Dos guardas punhais manchados.

Pra evitar que os citados
Revelassem a verdade,
São estes apunhalados,
Sem nenhuma piedade.
Sem ligar para os pecados,
Os anfitriões malvados
Agiam com crueldade.

Conhecendo a ruindade
Do barão e da consorte[60],
Uma convicção invade
Macduff[61], e esta é forte:
Tinha o casal, por maldade,
Plena culpabilidade
Em levar o rei à morte.

E, temendo a mesma sorte,
Os filhos do rei guerreiro
Deixaram as terras do norte,
Fugindo pro estrangeiro.
Sem que com isso se importe,
Macbeth deu suporte
A um discurso matreiro:

"Viram como bem ligeiro
Os dois príncipes partiram?
Eis um indício certeiro
Que foram eles que urdiram
O desfecho traiçoeiro
Do pai, nobre cavalheiro,
O qual, sem dó, destruíram".

Os príncipes que fugiram
De ambiente tão sombrio,
E que assim impediram
Fim igual ao rei de brio,
Sem querer contribuíram,
Os súditos logo viram,
Com um cruel desvario:

Macbeth, com o trono vazio,
Monarca se proclamou,
Usurpando o poderio
Do monarca que matou.
E, em seu gênio doentio,
Lembrou-se ele do trio
Que de sua glória tratou:

"Monarca agora sou.
Cumpriu-se a profecia.
Deus então é que falou
Pelas bruxas — que alegria! —
Foi Deus que me destinou
Este trono onde estou
Pra reger a monarquia".

---

57. Maquinou, arquitetou.
58. Espalhava em pequenas gotas.
59. Aquele que desonra, humilha, rebaixa.
60. Cônjuge.
61. Um dos personagens centrais de *Macbeth*, desempenhava a função de servidor aristocrático do rei assassinado por Macbeth.

Tragédias

Mas vejam que ironia
Se operou nesse momento:
A razão de sua euforia
Foi também a do tormento,
Pois lembrou, sem alegria,
Que também Banquo havia
Ouvido algo a contento:

"As bruxas deram acento
A uma estranha mensagem:
Daria ele nascimento
A uma real linhagem.
Vem-me, então, ao pensamento
Terrível pressentimento,
Uma assustadora imagem".

Viu ele, então, a miragem
De uma prole de reis,
Que reinava, com coragem,
Eliminando-o de vez.
E anteviu a pilhagem
De seu trono, com voragem[62],
Como um dia ele fez.

Com medo — vejam vocês —,
Disse à mulher que o filho
De Banquo, com altivez,
Iria reinar, com brilho,
Sobre o trono escocês,
Já que as bruxas, todas três,
Predisseram o empecilho.

Como um trem que sai do trilho,
Disse ela, com decisão:
"Então, já me desvencilho
Do potencial ladrão.
Para tanto, compartilho
Um plano que engatilho
Pra alcançar uma solução".

Pondo o seu plano em ação,
Dois homens foram chamar.
Iria a dupla em questão
Pai e filho assassinar.
Do casal era a intenção
Que de Banquo a geração
Viesse a se encerrar.

Macbeth

Todavia, para o azar
Do casal tão odioso,
Só Banquo veio a tombar
No ataque criminoso.
Fleance, filho sem par
De Banquo, veio a escapar,
Do ato inescrupuloso.

Dando força ao seu esposo,
Que ficara transtornado,
Um banquete suntuoso,
Pela mulher preparado,
Foi mais um meio ardiloso
De o caso escandaloso
Ser ali silenciado.

Porém, algo inesperado
No banquete ocorreu:
De Banquo, o assassinado,
O fantasma apareceu,
E se pôs ali sentado,
De modo determinado,
Todo vivente tremeu.

Somente este fariseu[63]
(Ou seja: o rei farsante)
Viu o ente que irrompeu
No salão tão cintilante.
Assim, ninguém entendeu
Quando, assustado, tremeu
O monarca aviltante.

Pôs-se o tal, bem delirante,
A conversar com o vento.
A rainha, nesse instante,
Disse a todos, sem alento:
"Que cada um se levante,
Indo embora nesse instante.
O rei teve um esgotamento".

Esse acontecimento
Fez Macbeth buscar,
Com grande abatimento,
As bruxas, que tinham o lar
Num terreno lamacento,
Putrefato e nojento
(Charneca era o tal lugar).

---

62. Aquilo que sorve, traga, devora. Figurativamente, tudo que é tragado ou arrebatado com ímpeto ou violência.
63. Membro de uma seita de judeus que ostentava grande santidade exterior na sua vida e que se opunha à seita dos saduceus. Criticados severamente por Jesus Cristo em função do descompasso entre pregação e prática, os fariseus acabaram por se tornar sinônimo de pessoa hipócrita, fingida.

Vendo se aproximar
Alguém da habitação,
O trio, a praguejar,
Chega junto ao portão.
O rei, num breve saudar
Ao trio, vem revelar
A sua perturbação.

Elas invocam, então,
Seres espirituais,
Os quais ao monarca dão
Mensagens que trazem paz.
Com isso, o rei em questão
Demonstrou satisfação
Naquele instante mordaz[64].

O primeiro ente faz
A seguinte advertência:
"Só Macduff temais,
Que de ti não tem clemência.
Só por ele se desfaz
A tua vida, rapaz.
Portanto, muita prudência!"

O segundo, na sequência,
Esta mensagem lhe deu:
"Só te põe fim à existência
Quem de mulher não nasceu.
Guarde esta confidência
Pra não ter, por consequência,
Futuro escuro qual breu".

Depois disso, apareceu
O último ser, que atesta:
"Só morrerás, digo eu,
Quando uma grande floresta
Deslocar-se ao reino teu.
Não sejas, pois, um ateu
Frente a novas como esta".

Saindo, com a alma em festa,
Macbeth, aliviado,
Para a mulher manifesta
Que nada inspira cuidado.
A mulher, que atenção presta,
Fica alegre e não contesta
A fala do seu amado:

Macbeth

"Macduff está exilado,
Nenhum cuidado requer.
E ao homem só é dado
Vir ao mundo por mulher.
Pras árvores, por seu lado,
Pé nenhum foi reservado,
Porque Deus assim não quer".

Não vendo risco qualquer,
O rei logo relaxou.
Porém, metendo a colher,
A mulher o incitou:
"Não deixe vivo — é mister —
Nem um parente sequer
De Macduff. Escutou?"

E o rei a todos ceifou,
Nem as crianças poupando.
Mas o remorso alcançou
A esposa do nefando[65],
A qual, nas mãos, vislumbrou
O sangue de quem tombou
No ataque miserando.

As mãos vivia lavando,
Com o remorso lhe exaurindo.
Ela, então, foi definhando,
A saúde foi sumindo.
O marido, observando
O que estava se passando,
Viu que o fim estava vindo.

Na Inglaterra, ouvindo
Que a família fora morta,
Macduff ia sentindo
Dor que quase não suporta,
Foi, aos poucos, reunindo,
Com um esforço infindo,
No peito a fé que conforta.

Como um líder se comporta,
O que o leva a ser capaz
A bater de porta em porta,
Montando um grupo audaz[66],
Para o qual só importa
Vencer a figura torta,
Que é Macbeth, o mordaz.

---

64. Corrosivo, destruidor.
65. Abominável, odioso.
66. Audacioso, atrevido, ousado.

Tragédias

Seguindo em marcha vivaz,
Chegou o grupo citado
Numa floresta, onde jaz
O sossego tão sonhado.
E Malcolm, muito sagaz,
Pediu a cada rapaz
Que um galho fosse cortado.

Atrás do galho folhado,
Que, ali, cada um cortou,
Ocultou-se um soldado,
E a marcha continuou.
O bosque era transportado,
Sendo, assim, confirmado
O que o espírito falou.

Na ocasião, piorou
A saúde da rainha,
A qual, como se contou,
Já enlouquecido tinha.
Tanto o estado se agravou,
Que a morte a alcançou
Num canto da camarinha.

Ao rei, Seyton[67] logo vinha
Falar com pesar profundo:
"Dela já se rompe a linha,
Da cova já enxerga o fundo".
Ante a notícia mesquinha,
Macbeth a vida esquadrinha,
Num solilóquio[68] fecundo:

"Por que não deixou o mundo
Depois de vinda a manhã?
Nasceis? Já sois moribundo:
O amanhã, outro amanhã...
De segundo em segundo,
A escoar o pó imundo
De uma vida nada sã!

"Nossos ontens, ao tantã[69],
Mostram da morte a via.
Que da lamparina a lã
Se rompa ao nascer do dia.
Sombra que, numa alazã[70],
Segue em corrida vã...
Eis nossa vida vadia!

"Também eu compararia
A vida com um ator
Que encena com energia,
Mas não dura o espectador.
É história que louco cria:
Tem barulho, correria,
Mas nada diz de valor!"

Ainda tinha calor
O monólogo mostrado,
Quando o brado vencedor
De Macduff, acompanhado
De seu grupo aterrador,
Fez o rei, com destemor,
Dizer pra si, com agrado:

"Cada um aqui chegado
De uma mulher foi nascido.
Não serei, pois, derrotado,
Por esse bando atrevido.
Que cada reles soldado
Perceba que bem fechado
É meu corpo destemido".

Mas o monarca bandido
Logo vê que se enganou;
Por Macduff é atingido,
E este assim lhe falou:
"Fui do útero extraído
Por um corte bem medido
Na mulher que me gerou".

Antes de morrer, pensou
O rei, de maneira insana:
"Cada bruxa me enganou,
E, em sua fala profana,
O crucial me negou:
Que o tal que me derrotou
Nasceu de cesariana".

E esta história tão bacana
Tem aqui a conclusão.
Tragédia shakespeariana
Que nos deixa uma lição:
Quem busca tudo por gana
Nada terá na choupana.
— Eis o preço da ambição.

67. Criado de Macbeth.
68. Ato de falar sozinho; monólogo.
69. Que ou quem tem as capacidades mentais afetadas; tonto; bobo.
70. Égua vigorosa e boa para montaria.

Tragédias

Rei Lear

Se vem de íntimo amigo,
Mais amarga é a traição
De quem no prato, comigo,
Juntamente põe a mão.
Qual Júlio César[71], lhes digo,
Do Rei Lear o inimigo
Comia do mesmo pão.

Lear, monarca bretão
— De quem narro a epopeia —,
Tinha três filhas, então,
Que encantavam a plateia.
Só a última em questão
Não se unira a um varão[72],
Sendo solteira a teteia.

Certo dia, uma ideia
Vem ao rei Lear assaltar:
"Vejo a morte na boleia,
E já me falta o ar.
Antes que a dispneia[73]
Dê fim à minha odisseia,
Meu reino vou partilhar".

71. O imperador romano Caio Julio César viveu entre 100 a.C. e 44 a.C. Como grande estrategista militar, suas conquistas na Gália (França) estenderam o domínio romano até o oceano Atlântico. A sua morte teria sido arquitetada por Brutus, filho adotivo do imperador. Por essa razão, ao morrer, Júlio César teria dito a célebre frase *Tu quoque, Brute, fili mi?*, ou seja, "Até tu, Brutus, meu filho?" Essa circunstância permitiu no texto a associação do imperador com o rei Lear, que foi traído pelas filhas.
72. Indivíduo do sexo masculino; homem.
73. Dificuldade em respirar, acompanhada de uma sensação de mal-estar.

Tragédias

Pra partilha calcular,
Pede às filhas o senhor
Pra cada uma expressar
A gratidão e o amor
Por ele, e assim mostrar,
Cada uma em seu lugar,
Como viam o genitor.

Diz Goneril com vigor
Palavras boas de ouvir:
"Não acho, seja onde for,
Palavras pra exprimir
Todo o apreço e dulçor[74]
Que por ti, com todo ardor,
Na alma venho a sentir.

"Como hei de descobrir
Algo que possa dar conta,
Que possa então traduzir
Este amor de ponta a ponta?
O que estás a me pedir
Não há, pois, como medir;
Só de tentar, fico tonta".

Alegria em grande monta
No rei a filha causou.
Regan, a do meio, se apronta,
Vendo que a irmã acabou.
Estando ela já pronta,
Para o céu logo aponta,
E seu falar começou:

"Meu bom pai me perguntou
Se o amo e lhe sou grata.
Responder-lhe, então, vou,
Buscando a medida exata
Do quanto grata eu lhe sou,
E de quanto amor gerou
Ele em minh'alma cordata[75].

"Nem a lua, cuja prata
Banha os campos e prados,
Nem das aves a cantata
Nos bosques tão perfumados...
Nada disso bem retrata
O que ao meu pai me ata,
Dando a minh'alma agrados.

"Procuro em todos os lados
Qualquer coisa que suplante
Os afetos consagrados
Ao meu pai, rei triunfante.
Mas nem os raios dourados
Dos astros iluminados
Têm grandeza semelhante".

Contente e exultante
Pelo que então ouvira,
O rei Lear, nesse instante,
Para Cordélia se vira,
Esperando, confiante,
Que palavra radiante
Sua caçula profira.

Rei Lear

Ela é o ar que ele respira,
A filha de olhar mais terno.
E já desde que saíra
Ela do ventre materno,
A filha era qual safira,
Qual nota doce da lira,
Bálsamo bom e eterno.

Mas, pro desgosto paterno,
A donzela em questão
Não mantém o tom fraterno
Das irmãs na ocasião.
Ao contrário: qual inverno
Que furta as cores — externo —,
Ela evita a adulação:

"À boca, meu coração
Não tenho como trazer;
Por isso, minha afeição
Se impõe pelo dever.
Nem mais nem menos, então,
É, por ti, a ligação,
Como assim importa ser.

"Todo o bem que vim a ter,
O que foi me oferecido,
Pelo meu obedecer,
Foi a ti retribuído.
Minhas irmãs vêm dizer
'Meu pai é meu bem-querer',
Mas as duas têm marido".

Pelo que tinha ouvido
Da sua filha mais nova,
O rei, muito enfurecido,
Pensa até dar uma sova
Na jovem que, sem sentido,
Havia lhe emitido
Palavra que não aprova:

"O meu ouvido reprova
O teu falar sem razão,
O qual pra todos comprova
Que não me tens afeição.
O teu falar é a prova
De que tua alma é qual cova
Onde reina a escuridão.

---

74. Doçura, brandura.
75. Sensata, prudente, pacata.

"Eu te deserdo, então.
Filha minha já não és.
Não levarás um tostão,
Mereces só pontapés.
Vai-te desta habitação,
Parta pra outra nação
Antes que eu conte até dez".

Aceitando esse revés
Que acabara de sofrer,
Na estrada pôs os pés
A filha que ousou dizer
Palavra dura, ao invés
De se safar através
De adulação a valer.

Para o caso reverter,
Um conselho bem prudente
Vem ao monarca trazer
O nobre conde de Kent.
Assim, sem tempo a perder,
O conde pôs-se a dizer
Esta palavra ao regente:

"Expulsar tão bruscamente
Tua filha foi mau ato.
Pois Cordélia é boa gente,
Tem o coração cordato.
Só porque ela não mente
É punida cruelmente?
Isso é muito insensato".

Bastante estupefato
Todo mundo ali ficou,
Pois Kent, homem pacato,
Nem um pouco hesitou
Em dizer ao rei sem tato
Palavras de desacato,
Algo que a todos chocou.

Lear, que sempre gostou
Do conde que ali falava,
Jamais um dia esperou
Que o nobre que estimava
Falasse o que falou.
Por isso um pouco hesitou,
Mas logo uma ordem dava:

"Queima-me, como a lava,
Esta tua imprudência,
Pois eu jamais esperava
Tamanha impertinência.
Por palavra dura e brava,
Seja o exílio a clava[76]
Que punirá a insolência".

Sem apelo, sem clemência,
Kent, então, foi exilado.
Mas o conde, na sequência,
Retornou bem disfarçado.
E, esbanjando eloquência,
Convenceu, com competência,
Que do rei era aliado:

Rei Lear

"Sou Caio, um seu criado
Que vem aqui te ajudar.
Coloco-me ao teu lado
Para te auxiliar.
Embora recém-chegado,
Há muito tenho escutado
Sobre ti, oh!, rei sem par".

Com astúcia no falar
E gesto mais que medido,
Conseguiu Kent enganar
O rei que o tinha banido.
E não veio a tardar
Para ele se tornar
Conselheiro do aludido.

Já tinha o rei dividido
Seu reino pra cada filha
Que a ele tinha mentido,
Falando só maravilha.
Sem poder e envelhecido,
Logo o rei viu ter caído
Em terrível armadilha:

Goneril depressa humilha
O pai, que se hospedara,
Depois de feita a partilha,
Na mansão que ela ganhara.
Humilhado, o rei palmilha
A amarga e dura trilha
Que ele mesmo criara.

Aos poucos o rei repara
Que a filha, em cada ação,
Ia deixando bem clara
A ausência de afeição.
Fechando pro pai a cara,
Goneril, assim, mostrara
A falta de gratidão.

Diante da traição
Da filha em quem confiou,
Lear deixa a habitação
Que esta lhe dispensou,
E vai bater no portão
Da outra filha, em vão,
Porque esta o rechaçou.

---

76. Pedaço de pau pesado usado como arma; tipo de porrete.

Dessa forma, ele notou
O quanto fora insensato:
As filhas que premiou
Só lhe deram desacato.
Já a que tanto o amou
Ele baniu, deserdou,
Agindo como um ingrato.

Naquele momento exato,
Outro pai também caía
Numa trama, pois, sem tato,
Também este acolhia
O mentiroso relato
De um farsante inato,
Que só riquezas queria.

Em Gloucester, existia
Um conde muito afamado.
Um filho este possuía,
Edgar, um varão honrado.
O filho lhe obedecia,
Mas deste o pai, um dia,
Pensou algo muito errado.

Edmundo, assim chamado
Do conde o bastardo filho,
Vivia atormentado
Por algo que aqui partilho:
Sendo Edgar tão amado,
Se sentia desprezado,
E disse: "Não mais me humilho".

Vendo, então, um empecilho
No meio-irmão, Edmundo
Seguiu no infausto[77] trilho
Que leva a abismo profundo.
Edmundo, homem sem brilho,
Do mal acende o rastilho[78],
Urdindo[79] seu plano imundo.

Sem esperar um segundo,
Do irmão a letra imita.
Assim, pelo nauseabundo
Uma carta é escrita.
No peito, o vagabundo
Faz um corte nada fundo,
E vai ao conde em visita.

Fingindo uma voz aflita,
Disse ao conde o infeliz:
"Edgar, cobra maldita,
Já te prepara ardis.
Matando-te, ele acredita
Que em tua herança bendita
Ele porá as mãos vis.

"Vê aqui o que é que diz
A carta que ele escreveu.
Tornar-me cúmplice quis,
E, não aceitando eu,
Só escapei por um triz,
Porém, com golpes hostis,
Feriu-me o fariseu[80]."

Rei Lear

O conde se convenceu,
E depressa a carta pega.
Logo depois que a leu,
Sua alma não mais sossega:
"Como é que o filho meu
Dessa forma procedeu?
Não vê que ao diabo entrega?"

O desprezo, então, cega
O conde, que, bem ligeiro,
O bom Edgar renega,
Sendo este o ato primeiro.
Após isso, ele congrega
Sua guarda, à qual delega
Um encargo derradeiro:

"Quero vê-lo prisioneiro,
Pois somente a detenção
Mostrará ao traiçoeiro
O quanto sua ambição
O levou ao atoleiro;
Tragam, pois, meu ex-herdeiro
Para as barras da prisão".

Sabendo, de antemão,
O que seu pai pretendia,
Edgar, por precaução,
Foi pra floresta sombria.
No mendigo Tom, então,
Disfarçou-se o cidadão
A partir daquele dia.

Mas logo o conde caía
Num mar bravo e sem bonança,
No qual Lear já se via
Por ter dado confiança
A quem nunca merecia,
Pois dele só pretendia
A preciosa herança.

As filhas de fala mansa
Que ao pai tanto adularam,
Agora, sem temperança,
Ao ex-rei logo mostraram
Uma espantosa mudança,
Rompendo a aliança
Que, um dia, com o pai firmaram.

77. Infeliz.
78. Figurativamente, *dá início a*.
79. Maquinando, arquitetando.
80. Membro de uma seita de judeus que ostentava grande santidade exterior na sua vida e que se opunha à seita dos saduceus. Criticados severamente por Jesus Cristo em função do descompasso entre pregação e prática, os fariseus acabaram por se tornar sinônimo de pessoa hipócrita, fingida.

Tragédias

Quando a riqueza alcançaram,
Cada uma demonstrou
Que as palavras que falaram
Depressa o vento levou.
Com isso, as tais demonstraram
Que o amor que decantaram
A ambição sepultou.

Assim Lear degustou
Todo o fel[81] da solidão,
Pois cada filha fechou
Sua porta ao cidadão.
Kent, que se disfarçou
De Caio, acompanhou
De Lear a degradação.

Tomando o estradão,
O rei, sem rumo, partia.
Caio toma a decisão
De fazer-lhe companhia.
O bobo, que diversão
Trazia para o patrão,
Com os dois também seguia.

Logo uma chuva caía
Com grande intensidade.
Em cabana que havia
Naquela proximidade,
O trio logo acharia
O abrigo que lhes daria
Alguma tranquilidade.

Edgar, cuja identidade
Em Tom estava ocultada,
Tinha a propriedade
Da cabana aqui citada:
Ao deixar sua cidade,
Fizera, com brevidade,
Do casebre uma morada.

De Lear, pois, a estada
Era no mesmo lugar
Onde estava instalada
A pessoa de Edgar,
Estando o camarada
Com roupa estropiada
Para não se revelar.

Enquanto isso, em seu lar,
Edmundo arquitetava
Um plano pra arruinar
O conde que o abrigava.
O bastardo, pra alcançar
O que estava a planejar,
Uma mentira espalhava:

O conde — ele falava
Pra quem quisesse ouvir —,
Com os franceses se aliava
Para a Bretanha invadir.
Ouvindo, com cara brava,
O que Edmundo contava,
Alguém resolveu agir.

Rei Lear

Com a armadura a luzir,
O duque da Cornualha
Disse que ia punir
Do conde tão grande falha.
Pra esse intento cumprir,
Logo partiu pra agredir
Quem julgou ser um canalha.

O duque cruza a muralha
Do rival igual um bonde.
Vendo o terror que este espalha,
Depressa o rival responde
A quem ali o achincalha.
Então, se dá a batalha
Que irá não se sabe onde.

O duque, que não esconde
O ódio em sua carranca,
Em batalha contra o conde
Deste os dois olhos arranca.
Sem ver das plantas a fronde,
Já não pode ver aonde
Vai aquele que o espanca.

O duque, que então desbanca
Na batalha o seu rival,
Sentiu a lâmina branca
De um afiado punhal,
O qual da vida o arranca,
Pois, de súbito, ele estanca
Frente a um golpe mortal.

Quem, então, dera um final
Naquele instante surgiu:
Foi um servidor leal
Ao conde, que se feriu.
Dessa forma, o serviçal
Vingava o patrão do mal
Que o duque impingiu.

Mesmo cego, o conde viu
O seu erro mais profundo:
Crer no que lhe sugeriu,
Dissimulado, Edmundo.
Pra que o filho que baniu
Achasse, então partiu,
Não perdendo um só segundo.

---

81. Líquido corporal muito amargo contido numa vesícula aderente ao fígado. Figurativamente, significa *coisa muito amarga*.

Tragédias

O filho, que em vagabundo
Um dia se disfarçou,
Mantinha o traje imundo
Que da morte o salvou,
Uma vez que todo mundo
Havia crido bem fundo,
No que Edmundo contou.

Assim, quando o pai o achou
E veio a pedir-lhe abrigo,
Nem de longe imaginou
Que o filho era o tal mendigo.
E o cego ao tal suplicou:
"Quero um abismo, pois vou
Suicidar-me, amigo".

Querendo o conde um castigo
Pelo que fez de errado,
Busca no abismo o jazigo
Pra punir o seu pecado.
Mas Edgar — eu lhes digo —,
Pra bem longe do perigo
Conduziu o pai amado.

Tendo o seu pai pensado
Que chegara ao precipício,
Dá o passo imaginado
Do voluntário suplício.
Pra surpresa do citado,
Não tivera resultado
O seu autossacrifício.

Edgar viu ser propício
Dizer ao pai amoroso
Que assistira a um indício
De um evento milagroso.
O relato fictício
Marcava o reinício
Da vida com o pai honroso.

E pelo solo arenoso
Foi ele o pai conduzindo.
Logo um conhecido idoso
Edgar foi distinguindo:
"É Lear" — diz pesaroso,
Pois vê que o desditoso
Está louco e se extinguindo.

Caio, que ia seguindo
Com o ex-rei já demente,
Pra França ia conduzindo
Seu cansado paciente.
Naquele país tão lindo
Vinha há tempos residindo
Cordélia, tão boa gente.

Recebendo gentilmente
O pai em sua morada,
Cordélia abraça o doente,
E lhe diz, emocionada:
"Que bom vê-lo à minha frente.
Também está bem contente
O rei, com quem sou casada".

Rei Lear

A mente adoentada
Recuperava a razão
E, do remorso, a estocada
Atingiu-lhe o coração,
Fazendo-o ver a cilada
Por duas filhas armada
Com as teias da ambição.

Cabe aqui a informação
Que Regan se apaixonou
Por Edmundo, o vilão
Que o conde atraiçoou.
Mas, por este maganão[82]
Também tinha atração
Goneril, que o desejou.

Regan, que enviuvou,
Pensava a cada segundo
No amante, que enfeitiçou
A irmã de modo profundo.
Então a viúva achou
Carta que a irmã mandou
Pro cobiçado Edmundo.

Este ser vil e imundo
Veio a ser — vejam vocês —
O chefe nauseabundo
Do grande exército inglês.
Foi assim que o vagabundo
Teve, aos seus pés, o mundo
E coisas infames fez.

Contra a França, a cupidez
Lhe causara aversão.
Prendeu, então, de uma vez,
O rei em sua mansão
E, sem contar até três,
Cordélia e o tal francês
Sofrem vil condenação.

Isso tudo é armação,
Pois é o rei disputado.
Muitas têm grande ambição
De se casar com o citado.
Sem alma nem coração,
Entra em cena a traição
Nesse combate acirrado.

---

82. Que ou quem demonstra pouca ou nenhuma responsabilidade; malandro.

Tragédias

Pra conquistar o amado,
Goneril ao diabo acena,
Pois, dando ouvido ao Danado[83],
A sua irmã envenena.
Porém vendo o resultado
De seu ato tresloucado,
Mata-se, deixando a arena.

Saíam, assim, de cena
As duas irmãs cruéis,
Sendo a morte a dura pena
Da dupla de cascavéis.
A ingratidão, qual gangrena,
As fez agir qual hiena,
Sendo, ao pai, infiéis.

E, cumprindo seus papéis,
Edmundo e Edgar,
Em seus velozes corcéis,
Veem-se num só lugar.
Como ocorre nos cordéis,
Dedos vão, ficam os anéis,
Como se veio a notar.

Porque, sem se revelar,
Edgar logo aparece,
Já pronto pra derrotar
O meio-irmão, que merece
Nesse combate tombar,
Pelo que veio a armar
Contra o seu pai, que padece.

E o duelo acontece
Entre os dois irmãos raivosos.
Edgar se favorece
Dos braços habilidosos.
E Edmundo, que falece,
Tem tempo pra que confesse
Um dos atos desditosos:

"Corram, homens valorosos,
Para Cordélia viver.
Da forca os nós criminosos
Estão prontos, podem ver.
Dei a ordem e, zelosos,
Os carrascos odiosos
Hão de cumprir seu dever".

Sem um segundo a perder,
Cada um segue pra cela,
Com o fim de defender
A jovem tão pura e bela,
Cuja pena era pender
Numa forca até morrer,
Como Edmundo revela.

Porém, nada mais por ela
Podiam fazer os tais:
Bastou uma olhadela
Pra constatar que ali jaz
O corpo adorável dela,
Que, sob a luz da janela,
Descansava agora em paz.

Rei Lear

Cena tocante demais
Ali se testemunhou:
Lear, nos seus braços, traz
A filha que deserdou.
Louco, cria ser capaz
De a vida tão fugaz
Trazer pra filha que amou.

Quando Lear constatou
Que a filha não respirava,
Também sem vida tombou.
E assim se acabava
A jornada que trilhou
O rei que, um dia, negou
Afeição a quem o amava.

E, ao morrer, constatava
Que todo filho é ingrato
É pior que cobra brava,
Dessas que cospem no prato
Daquele que alimentava,
E de quem ele esperava
Amor, e não desacato.

Neste momento exato,
Ao cordel dou conclusão,
Pedindo, de imediato,
Que guardem esta lição:
Com Shakespeare, eu constato:
Deve o filho ao pai ser grato,
Pois é vil a ingratidão.

83. Referência ao Diabo.

Sonho de uma noite de verão

Que Nosso Senhor me inspire,
Guiando a minha mão,
E que o cosmo conspire,
Me iluminando a razão,
Pra que minha mente mire
Num *Sonho* de Shakespeare
De uma noite de verão.

Trata o anglo-saxão,
Em uma de suas cenas,
Sobre a bela união
De uma dama e um mecenas:
De Hipólita, então,
Havia pedido a mão
Teseu, duque de Atenas.

A mais linda das terrenas,
Das Amazonas rainha,
Tinha cheirosas melenas[84]
E um porte de deusa tinha.
Era bela qual verbenas[85],
Em torno das quais falenas[86]
Brincavam de amarelinha.

---

84. Cabelo desgrenhado ou volumoso (mais usado no plural). É o mesmo que *madeixa*, ou seja, porção de cabelos reunidos, trança.
85. Tipo de planta que possui flores de cores variadas.
86. Espécie de borboleta noturna.

Eis que, então, já se avizinha,
A festa do casamento
Do duque e da gracinha,
Que descrever aqui tento.
Mudo o assunto uma coisinha
Pra dizer que Egeu vinha
Ao duque nesse momento.

Após breve cumprimento,
Expôs ao nobre Teseu
Que a filha, em casamento,
A Demétrio prometeu.
Mas, para seu desalento,
Ela, sem acanhamento,
Disse que outro escolheu.

Disse o duque para Egeu:
"A todos se aplica a lei,
Seja a filha do plebeu,
Seja a filha de um rei:
Se escreveu e não leu,
Bem depressa o pau comeu,
E nisto vos fiarei.

"Dito isso, afirmarei:
Deve sua filha acolher,
Como um obediente frei,
O que você resolver,
Pois diz o decreto-lei:
A seu pai sempre atendei
Ou então deveis morrer".

Egeu se pôs a dizer:
"Esta lei me maravilha.
Nada tenho a temer,
Pois Hérmia, a minha filha,
Terá que me obedecer,
E somente irá ler
O que diz minha cartilha".

Mas Hérmia não compartilha
Dos planos que o pai montava.
O acordo era uma bastilha[87],
Pois Demétrio não amava.
Só com Lisandro palmilha
A maravilhosa trilha
Que o amor lhes apontava.

Sonho de uma noite de verão

Uma ideia lhe assaltava,
Sumia e tornava a vir:
Com o homem que adorava
Ela queria fugir.
Isso lhe inquietava
Mas a data já marcava
Para, então, escapulir.

Já bem perto de partir,
A Helena procurou,
E, sem poder resistir,
O seu segredo contou.
A amiga quis sorrir,
Ao terminar de ouvir
O que a outra revelou.

O que tanto a alegrou
Foi que o dito cidadão,
O tal que Hérmia "chutou",
Era de Helena a paixão.
Assim, esta imaginou:
"Se ela fugir, eu vou
Tê-lo para mim, então".

Mas Helena, em distração,
Ou total ingenuidade,
Fez-lhe a revelação,
Contando toda a verdade
Pro Demétrio em questão,
O qual, sem muita razão,
Quase perde a sobriedade:

"De matar tenho vontade
Esta Hérmia que traiu,
Sem dó e nem piedade,
O acordo que assumiu
Egeu, o pai da beldade,
E a lei desta cidade
Ela agora transgrediu".

Disse aquilo e saiu
Pra onde se encontraria
O casal que decidiu
Que a cidade deixaria.
"Deixe disso" — ela pediu —,
Mas Demétrio prosseguiu
Sua rota de agonia.

---

87. Dava-se o nome de *bastilha* a determinadas fortalezas avançadas de certas cidades na Idade Média. Na França, passou a designar, a partir do início do século XVII, *prisão*. A esse respeito, a Bastilha de Saint-Antoine tornou-se célebre por ter sido o palco do evento histórico conhecido como a Tomada da Bastilha, dizendo respeito à libertação (pela população) dos presos que ali estavam, em 14 de julho de 1789, fato que se tornou um símbolo do início da Revolução Francesa. No texto, é empregado no sentido de *prisão*.

Comédias

Uma floresta ali havia
E ele nela penetrou.
Helena o perseguia,
E ele o passo acelerou.
Um grande esforço fazia,
Mas ele ligeiro ia,
E ela para trás ficou.

Nesse instante, começou,
No interior da floresta,
Uma discussão que tomou
Uma trilha indigesta.
Dessa briga resultou
Confusão que se alastrou,
E contar tudo me resta.

Logo depois de uma sesta,
Oberon, cheio de manha,
A Titânia manifesta
Querendo fazer barganha:
"Bela fada, a hora é esta
De ser comigo honesta
E deixar de artimanha.

"Vai, o menino apanha.
Por que pra mim não o vendes?
Não venha com truque ou sanha[88].
Por que logo não te rendes?
Não venhas com fala estranha,
Ou atitude tacanha,
Se é que tu me entendes".

"Oberon, rei dos duendes,
Poupe-me dessas maçadas.
O menino que pretendes
Não é pra tuas paradas.
Vai-te embora e te emendes,
Pois com barulho ofendes
As fadinhas encantadas".

Oberon, em gargalhadas,
Depressa teve sumiço.
Chamou um dos camaradas,
Para fazer um serviço.
E, entre grandes risadas,
Contra a rainha das fadas
Prepararam um feitiço.

Quem lhe ajudava nisso,
Nessa artimanha cretina,
Era Puck, o roliço,
Figura muito ladina[89].
Gostava de rebuliço
E tinha, por compromisso,
Brincar, zombar, ser traquina.

Puck agora se inclina
Para escutar direito
O que Oberon lhe ensina
Pro feitiço ter efeito:
"Procure, pela campina,
Uma flor cheirosa e fina
Chamada amor-perfeito.

"Assim que isso for feito,
Farás um suco da flor.
Quando a fada for pro leito,
Em sono reparador,
Desse suco que receito
Nos olhos dela, com jeito,
Três gotas tu irás pôr.

"Quando chegar o albor[90],
E ela, então, acordar,
Grande será o rumor,
Como irás constatar:
Ela terá muito amor,
Algo arrebatador,
Pelo primeiro que achar.

"Deves providenciar,
Pra melhorar a trapaça,
E a gente poder zombar
Dessa engenhosa pirraça,
Bichos feios pra danar
Pra ela se apaixonar
Pelo bicho que ali passa."

Após ir o "boa-praça",
Oberon um choro ouviu.
Era Helena, que, sem graça,
Sua aflição exprimiu:
"A dor meu peito traspassa,
Pois Demétrio se embaraça
Por alguém que o feriu".

Oberon pena sentiu
Ante a cena que assistia.
Então, ele decidiu
Que a questão resolveria.
Quando Puck conseguiu
A flor que ele pediu,
Fez o suco com alegria.

Agora, Puck devia
Esse trabalho cumprir:
"Uma jovem aqui se via
Que um rapaz pôs-se a seguir.
Mas este não a queria,
Causando nela agonia,
Como pude conferir.

88. Fúria, ímpeto de raiva; furor.
89. Astuta, ardilosa.
90. Primeira claridade do dia. É o mesmo que *alva*, *alvorada* ou *aurora*. Variação: *alvor*.

Comédias

"Logo que ele dormir,
Pingue nele esta poção.
Quando os olhos ele abrir,
Por ela terá paixão.
Ele o amor vai descobrir
E por ela irá sentir
Uma grande afeição.

"Cumpra agora essa missão,
Que da fada cuido eu.
Vou até sua mansão,
Pois, por certo, adormeceu.
Um pouquinho da poção
Trago eu aqui à mão
Pra pingar no olho seu."

Logo desapareceu
Como fumaça no ar.
Num minuto apareceu
No maravilhoso lar
Que Titânia escolheu,
E onde sempre viveu
Com suas fadas de encantar.

Estavam a cantarolar,
Embalando em doce sonho,
A fada de meigo olhar
E de rosto mui risonho.
Não puderam observar
Que chegava ao lugar
Oberon, o enfadonho.

Pouco depois, o bisonho,
Vendo Titânia a dormir,
Trouxe o elixir[91] medonho
Para o plano se cumprir:
"No quarto dela me enfronho
E em seus olhinhos ponho
O poderoso elixir".

Não tardou a conseguir
Realizar seu intento,
Pois viu bichos a seguir
Perto daquele aposento:
"Quando os olhos ela abrir,
Grande paixão vai sentir
Pelos bichos que apresento".

Sonho de uma noite de verão

O ardiloso elemento,
Rindo de satisfação,
Pegou as asas do vento
E rumou sem direção:
"Ai, eu já não me aguento:
O danado desse invento
Trará grande diversão".

Já por essa ocasião,
Hérmia e Lisandro seguiam
Pelos caminhos que, então,
Demétrio e Helena iam.
Os primeiros, num clarão,
Se deitaram ali, no chão,
Porque cansados se viam.

Os jovens que ali dormiam,
Puck logo imaginou,
No amor não se entendiam,
Como Oberon contou:
"Os jovens nem desconfiam
Que essas gotas aliviam
O que o desamor causou".

E bem depressa pingou
No moço o elixir:
"O problema terminou"
— Pensou Puck, a sorrir.
"Acompanhar tudo vou."
— Disse isso e se ocultou
Para a tudo assistir.

E não tardou a surgir
Uma moça no caminho:
Era Helena a haurir[92]
Um sentimento mesquinho.
Logo veio a descobrir
Lisandro ali, a dormir,
E acordou o vizinho.

Despertado de mansinho,
Lisandro, com a magia,
Ficou por ela doidinho
E disse que a queria.
Helena pensou baixinho:
"Tudo isso, adivinho,
É piada e baixaria".

---

91. Bebida com efeito supostamente mágico.
92. Em linguagem poética, significa *absorver, sorver, aspirar*.

Comédias

Mas Lisandro lhe dizia
Que a sério lhe falava:
"Por você eu morreria,
Ou até mesmo matava.
Oh, meu Deus, eu não sabia
O tanto que te queria,
O tanto que eu te amava".

Já Hérmia agora acordava,
Sem acreditar na cena:
"Ele tanto me adorava,
E agora ama Helena?"
A confusão se instalava,
E Hérmia ficava brava
Sob a lua tão serena.

Afastando-se da arena,
Puck foi ao rei querido.
Oberon quase o depena
Quando soube do ocorrido:
"Erraste o alvo, hiena!
Tuas ações reordena
E ache o jovem devido".

Puck foi, todo sentido,
Procurar o jovem certo,
E viu logo alguém perdido
Que vagava ali por perto.
Disse, então, mui comovido:
"De Helena o preferido
É este jovem, decerto".

E Puck, muito esperto,
Esperou com paciência.
Demétrio, antes desperto,
Foi sentindo sonolência.
"De meu erro me liberto
E tudo isso conserto."
— Pensou Puck na sequência.

Constatando a dormência
Do jovem que observava,
Puck, então, sem displicência,
Seu trabalho efetuava.
As gotas, por consequência,
Pôs no jovem, com prudência,
Como o mestre lhe ordenava.

Dentro em pouco, chegava
Naquele exato lugar
Helena, que, em vão, tentava
De Lisandro escapar.
O jovem se declarava,
Mas Helena acreditava
Que ele estava a zombar.

A discussão desse par
A Demétrio despertou.
E este, ao acordar,
A boa Helena avistou.
Do feitiço de amargar
Não podia escapar,
E, então, se apaixonou.

"Olha quem aqui chegou!"
— Disse Demétrio, sorrindo.
"É um anjo que assomou
A este lugar mui lindo!"
Quando aquilo escutou,
Lisandro se enfezou,
E foi logo discutindo:

"Saiba que não és bem-vindo,
Seu impostor duma figa.
Bem depressa vá saindo,
Se não quiser uma briga".
Foi um bafafá infindo,
Com os moços competindo
E entrando em intriga.

Alisando a barriga,
Puck era só tormento:
"Existirá quem consiga
Dar a isto acabamento?
Oberon é que me diga,
Pois isso me dá fadiga,
E eu já não mais aguento".

E partiu dali com o vento
Que embalava as flores,
Não notando o intriguento
Chegarem ali atores,
Os quais, naquele momento,
Um ensaio pr'um casamento
Fariam, meus bons leitores:

"Teseu merece louvores,
Um espetáculo perfeito.
Somos todos amadores,
Mas o ensaio tá bem feito.
De simples trabalhadores,
Seremos astros, senhores,
Pois ensaiamos direito".

Puck escutou o sujeito
E pra ali se dirigiu.
Sorriu, então, satisfeito,
Quando os tais atores viu.
E logo pensou num jeito
De preparar um malfeito,
Que, de fato, conseguiu.

A um deles atingiu
Com o seu raio encantado.
Este a cabeça assumiu
De um burro amalucado.
Quando a trupe descobriu
O que Puck introduziu,
Foram pés pra todo lado.

O nosso "burro", coitado,
Daquilo nada entendeu.
Tendo sido abandonado,
Partir dali resolveu.
No mato escuro e fechado,
Saiu ele, desolado,
E depressa se perdeu.

Comédias

Pois não é que aconteceu
Uma incrível coincidência?
O tal "burro" adormeceu
Junto à bela residência
Onde ali se acolheu
E o elixir recebeu
Titânia, em inocência.

Quando cessou a dormência,
E ela acordou por completo,
Viu o "burro" na sequência
E teve por ele afeto.
Amou-o à excelência.
E o "burro", em consequência,
Foi trazido pro seu teto.

De alegria repleto,
O "burro" se sentiu rico.
Achava até bem correto
Ser chamado de "amorico".
Era quase analfabeto,
Mas era amado e dileto
O nosso ingênuo "burrico".

Não sabia o tal "jerico"
Que seu bem-bom tinha fim
(Calma, que eu já explico.
Podem confiar em mim):
Já cansado do fuxico,
Oberon, o impudico[93],
Acabou aquilo, enfim.

Sem o feitiço ruim,
Titânia percebeu tudo.
E o nosso "burro", assim,
Deixou de ser um sortudo:
Perdera o seu bom capim,
Os afagos, o pudim
E o leito de veludo.

Teve a sorte, contudo,
De retornar ao que era:
Desfez Oberon, sisudo,
O que Puck lhe fizera.
E, então, o ator pançudo
Deixou de ser orelhudo
E achou sua galera.

Já passara a primavera
E chegara o verão.
Oberon se dispusera
A pôr fim à confusão
A qual Puck compusera,
Como este lhe dissera
Com visível aflição:

"Os dois jovens, meu patrão,
Brigam por um só amor.
É difícil a equação:
Vá resolvê-la o senhor.
Nisso não me envolvo, não,
Pois não quero chateação
E, tampouco, dissabor".

Sonho de uma noite de verão

Oberon, com outra flor,
Um antídoto logo fez.
Só em Lisandro foi pôr
O produto dessa vez:
"Faço à Helena o favor,
Deixando que o seu amor
Lhe continue cortês".

O efeito se desfez,
E se formaram os dois pares.
E ocorreu, vejam vocês,
Que, voltando aos seus lares,
Os casais, todos os três,
Tiveram a sensatez
De irem juntos aos altares.

Reis, nobres e militares
Foram ao triplo casório.
Muitas festas e manjares
Animaram o auditório.
O amor tava nos ares
Lindo qual onda nos mares
Nesse divino ofertório.

E chega o momento inglório
De pôr fim à narração.
Confesso estar merencório[94],
Choroso meu coração.
Que tu sejas meritório[95]
De um *Sonho* bom e notório
De uma noite de verão.

93. Que ou quem não tem pudor.
94. Melancólico, triste.
95. Digno de louvor ou de recompensa.

Comédias

O mercador de Veneza

Shakespeare nos retrata
Com muita arte e beleza,
Mostrando, de forma exata,
Nossa dúbia[96] natureza.
Sua obra nos arrebata,
Como aqui se constata
N'*O mercador de Veneza*.

Dono de grande riqueza,
Antônio, um comerciante,
Escutava com presteza
A Bassânio, que era amante
De Pórcia, cuja nobreza,
Associada à beleza,
A tornava fulgurante.

Bassânio, não obstante,
Mostra tristeza na cara,
Pois o jovem tão galante
A sua herança gastara.
Por isso, naquele instante,
Pede emprestado um montante
Ao amigo, a quem declara:

"A nossa amizade rara
É que me faz ter contigo.
Por isso, de forma clara,
Venho aqui e me bendigo,
Pois és aquele que ampara
A quem o aperto encara,
É o que ocorre comigo.

"Para Belmonte, amigo,
Eu preciso viajar,
Onde Pórcia, já te digo,
Eu pretendo cortejar.
E se a ela me ligo,
Dou eu adeus ao fustigo[97],
Minha vida vai mudar".

Sempre pronto a emprestar,
E sem cobrar qualquer juro,
Antônio quis ajudar
O seu amigo em apuro,
Mas não tinha como dar
O que vem solicitar
O seu amigo tão duro:

---

96. Duvidosa, incerta, ambígua.
97. Pancada com a ponta da lança. Figurativamente, significa *castigo*.

"O que pedes, asseguro,
Só posso em parte atender,
Pois num negócio seguro
Vim eu a empreender
Meu dinheiro, e no futuro
Grande retorno, no duro,
Hei de vir a obter.

"Mas não temas, deve haver
Para ti algum credor,
Que emprestará, irás ver.
Serei o teu fiador,
Eu irei te socorrer;
Assim tu irás poder
Sanar o teu dissabor."

Logo o empreendedor
Vai à casa do agiota,
Um sujeito bem mesquinho,
Sem escrúpulos, janota[98].
E cada centavo seu
Emprestava o fariseu[99]
Com altos juros de cota.

Disse Antônio: "a minha frota
Se encontra em alto-mar.
Bem segura é dela a rota
E bom lucro há de me dar.
Em dois meses, vai e anota,
Estarei cheio da nota,
Quando a esquadra retornar.

"Assim, poderei pagar
O valor solicitado.
Estou pronto pra assinar
O contrato aqui firmado.
Só precisa me informar
O juro que irá cobrar
Pelo dinheiro emprestado".

Logo o coração malvado
Do agiota bate forte,
Pois tinha o tal formulado
Um cruel plano de morte.
O bom Antônio, coitado,
Pra perdição tinha achado
O terrível passaporte:

O mercador de Veneza

"Antônio, teu nobre porte
Traz para mim segurança.
Mas nos negócios tem sorte
Quem não age qual criança.
Por isso, pra dar um norte,
Na tua pele um bom corte
Eu exijo por cobrança.

"Em confiável balança,
Se quiser, você calibra,
De seu corpo, por vingança,
Quero de carne uma libra[100],
Se em três meses, sem tardança,
Não pagar o que afiança[101],
Por isso minha alma vibra."

O acordo desequilibra
De imediato a razão
De Antônio, homem de fibra
E notável coração.
Quase a proposta o desfibra,
Mas a mente ele equilibra
E diz pro sujeito, então:

"A vossa proposição
Grande surpresa me traz.
Mas não temo a punição,
Pois em dois meses, não mais,
Meus navios voltarão,
Dando-me a condição
De pagar o que emprestais".

Com o acordo mordaz[102]
Que acaba por assinar,
Antônio se fez capaz
De seu amigo ajudar.
Bassânio, feliz demais,
Sua viagem então faz
Para Pórcia cortejar.

Mas convém logo contar,
Sem guiar-me por boatos,
Que Bassânio ia enfrentar
Mais outros dois candidatos
Que queriam se casar
Com Pórcia, dama sem par,
Como informam os relatos.

---

98. Pessoa afetada (não natural) na maneira de trajar e de andar.
99. Membro de uma seita de judeus que ostentava grande santidade exterior na sua vida e que se opunha à seita dos saduceus. Criticados severamente por Jesus Cristo em função do descompasso entre pregação e prática, os fariseus acabaram por se tornar sinônimo de pessoa hipócrita, fingida.
100. Unidade de massa (peso) equivalente a cerca de meio quilograma.
101. (v.) Assegura, promete.
102. Corrosivo, destruidor.

Comédias

Informo, fiel aos fatos,
Que os três tinham que escolher
Um de três cofres exatos
Para, então, se saber
Quem, conforme os contratos,
Teria os aparatos
Que o fariam vencer.

De ouro vinha a ser
Dos três cofres o primeiro.
O segundo, a saber,
Era de prata. E o terceiro?
Se não venho a esquecer
Ou mesmo em erro incorrer,
De chumbo era o derradeiro.

Foi o príncipe-herdeiro
Lá do trono marroquino
Que iniciou, altaneiro[103],
A prova que descortino.
Ele escolheu ligeiro
O cofre que era inteiro
Feito de ouro genuíno.

O insucesso é repentino
Para o príncipe africano,
Pois achou, no cofre fino,
Um grotesco crânio humano.
Assim, por seu desatino,
Ou por obra do destino,
Foi reprovado o fulano.

Então vem, salvo engano,
O príncipe de Aragão.
Dos cofres, o soberano
Fez a escolha, e então:
Pelo de prata o beltrano[104]
Optou, sofrendo o dano
Daquela sua opção.

Pois logo a decepção
No coração dele brota:
Só há no cofre em questão
A foto de um idiota.
E foi por essa razão
Que tragou o cidadão
O amargo fel[105] da derrota.

O mercador de Veneza

Bassânio, então, se devota
A tal tarefa cumprir.
Chegara ao fim da rota
Que se incumbiu de seguir.
Crê que se o bom Deus pilota
O navio ou a galeota[106],
A vitória há de surgir.

Antes de o amado abrir
O cofre que escolheria,
Pórcia busca intervir
Porque bastante queria
Que, na prova a se cumprir,
Pudesse o tal conseguir
A vitória nesse dia.

Assim, enquanto escolhia
O cofre determinado,
Pórcia pede, com energia,
Que um hino fosse cantado.
Na letra do canto havia
A pista que ajudaria
Bassânio, o seu amado.

Tendo ele decifrado
O enigma escondido,
O cofre que era formado
De chumbo foi escolhido.
Um retrato ornamentado
De Pórcia é então achado
No cofre aqui referido.

Tinha o jovem conseguido
A vitória que almejava.
Pórcia abraça seu querido,
Mostrando que se alegrava.
E, tendo ele vencido,
Breve seria o marido
Da donzela que amava.

Porém, logo ali chegava
Uma notícia bem ruim:
A frota de Antônio estava
Perdida, e, sendo assim,
Ao mercador só restava
Dar o que o credor cobrava:
A libra de carne, enfim!

---

103. Altivo, sobranceiro, imperioso.
104. Pessoa indeterminada, ou de quem não se sabe ou não se quer designar o nome.
105. Líquido corporal muito amargo, contido numa vesícula aderente ao fígado. Figurativamente, significa *coisa muito amarga*.
106. Pequena e antiga embarcação de vela e remos.

Comédias

Vendo do amigo o fim,
Bassânio a amada chama
Então, tintim por tintim,
Narra de Antônio o drama
Digno de um mau pasquim[107]
Ou até de um folhetim,
Pleno de tensão se inflama.

Com toda atenção, a dama
Aquela história escuta.
Então, uma saída trama
Em sua cabeça astuta.
A solução que programa
Não conta ao moço que ama,
E no qual a dor enluta.

Ativa e bem resoluta,
Pórcia marca o casamento.
Louva o noivo esta conduta.
E depressa o sacramento
Em Belmonte se executa.
Mas o par pouco desfruta
Das núpcias, nesse momento.

Pois pra pôr fim ao tormento
Do amigo, com ligeireza,
Bassânio já toma assento
Em um barco pra Veneza.
Pórcia lhe dera a contento
Dinheiro pro livramento
De Antônio, com presteza.

A esposa, com nobreza,
Solicitara ao marido
Pra não ir, e com fineza
Ele atende ao seu pedido.
Mas Pórcia, cuja esperteza
Era de grande largueza,
Um plano já tinha urdido[108].

Tendo o amado partido,
Trajou-se de advogado.
Chama então, sem alarido,
Sua criada de lado
E a tal troca o vestido
Por um traje requerido
De um secretário letrado.

Tendo, assim, se disfarçado,
Pórcia vai com o auxiliar
Pra Veneza, onde o amado
Tentava em vão pagar
O dinheiro emprestado;
Contudo, o credor malvado
Nem mesmo o quis escutar.

Só para tripudiar
Com o pobre cidadão,
Talvez para se vingar,
Armou grave traição,
Por causas religiosas
Competições escabrosas,
Movidas pela ambição.

O mercador de Veneza

Por essa exposta razão,
O agiota rejeitou
O dinheiro que, então,
Bassânio lhe ofertou.
O credor dava um milhão
Para ver a perdição
De Antônio, como mostrou.

Tudo isso demonstrou
Perante o tribunal
Que em Veneza se instalou
Pra decidir, afinal,
Se a pele que empenhou
Perderia o réu que ousou
Fazer o acordo letal.

O agiota boçal
Tinha vantagem, de fato,
Pois Antônio, bem ou mal,
Assinara um contrato.
Tinha, assim, base legal
Aquilo que o homem tal
Requeria ali no ato:

"O réu fez comigo um trato,
Pondo a pele em perigo.
Eu fui claro e bem exato
Ao expor-lhe esse artigo.
Ele ouviu-me bem cordato[109]
E assinou de imediato
O nosso acordo, lhe digo!

"Por isso é que não consigo
Compreender onde errei.
Com ele agi como amigo,
E não me honrou, bem sabei.
Assim, merece castigo,
E por isso é que obrigo
Rigor ao fora da lei."

Agindo tal qual um rei,
Para todos se exibia,
Acreditando que a lei
Pra ele razão daria.
Enquanto, qual sábio frei,
Antônio, eu lhes direi,
Tem na fé o grande guia.

---

107. Publicação difamatória e/ou jornal de baixa qualidade, sem importância. Essa última acepção tem o mesmo sentido de *jornaleco*.
108. Maquinado, arquitetado.
109. Sensato, prudente, pacato.

Comédias

A porta, então, se abria,
Entrando o advogado
Que ali defenderia
Antônio, o acusado.
Ninguém adivinharia
Que Pórcia se escondia
Sob o traje bem montado.

Tendo se apresentado
Com o nome de Baltazar,
Pórcia, com o credor malvado
Foi tentar negociar:
Pelo valor emprestado,
Alto juro é ofertado
Pro processo se encerrar.

Com frieza no olhar,
Ele rejeita a oferta,
Pois não queria deixar
Que a presa fosse liberta.
Queria vê-la sangrar,
Sofrer e agonizar,
Com uma ferida aberta.

Todos viam como certa
De Antônio a derrota.
Porém, Pórcia, muito esperta,
Surpreende o agiota
E a todos desconcerta
Quando ela faz um alerta
Que foi digno de nota:

"Vejo que a oferta enxota,
Certo de que vai vencer,
Mas até um idiota
Sabe que se alguém perder
De pele a mínima cota,
O sangue depressa brota,
Enfraquecendo o ser.

"O acordo, podem ler,
Ao sangue não faz menção,
Pra libra de carne ter.
O vil agiota então,
Quer deixar de obedecer
À lei que está a reger
Nossa querida nação."

O mercador de Veneza

A atenta multidão
Que estava no local,
Ouviu com admiração
O argumento final
Que tirou toda a razão
Daquele homenzarrão
Cruel, mesquinho e boçal.

Vendo que o tribunal
Contra ele se voltou,
O homem quis, afinal,
A soma que recusou.
Porém, não teve o aval
Do juiz, que, bem formal,
De pronto sentenciou:

"Como você rejeitou
A oferta apresentada,
Esclarecer-lhe eu vou
Que já não pode ter nada
Do que você desprezou,
Pois no passado ficou
A proposta colocada".

Totalmente transtornada
Do agiota estava a face.
Mas Pórcia, não conformada
Com aquele desenlace,
Mostra outra carta guardada,
Falando com voz pausada,
Firmeza e desembarace:

"Creio que mais um impasse
Pede uma justa saída,
Para que tudo não passe
Sem a punição devida,
Pois desse homem sem classe
Exige a lei que se casse
A importância devida.

"A lei é bem conhecida,
Mas lembro a cada jurado:
De quem quer pôr fim à lida
De um cristão juramentado,
A fortuna é dividida
Entre a pessoa agredida
E o governo consagrado".

Comédias

Tendo o júri concordado
Com o que Pórcia dizia,
O credor foi obrigado
A dar o que possuía
Pra Antônio e pro Estado.
Dessa forma, o condenado
A pobreza conhecia.

Mas Antônio renuncia
Aos bens dados por direito,
Mostrando, então, que batia
Bom coração em seu peito.
Ante tanta galhardia[110],
O agiota prometia
Se converter, com efeito.

Antônio, que achou perfeito
O seu defensor ferrenho,
E Bassânio, satisfeito
Pelo grande desempenho,
Perguntam, meio sem jeito,
Quanto devem ao sujeito
Que atuou com tanto engenho.

"Dinheiro é bom, mas já tenho
Grana e ouro por demais.
Não é por isso que venho
Atuar nos tribunais.
Mas se pelo meu empenho
Vêm pagar, não lhes detenho:
Deem-me os anéis, nada mais."

Com eles, ia um rapaz,
Marido da tal criada
De Pórcia, que aliás
Estava ali disfarçada.
E o trio de homens traz
Os anéis, pois se compraz[111]
Em pagar o camarada.

Partindo em disparada
Pra cidade de Belmonte,
Pórcia e a empregada
Seguiam rindo de monte.
Naquela dupla arretada,
Estava bem estampada
A alegria na fronte.

Cruzando uma larga ponte,
Chegaram logo ao lar.
Depois viram, no horizonte
Um navio a chegar.
Não tardou pra que defronte
De uma ornada fonte
Ficassem a conversar.

Viram se aproximar
Cada uma o seu esposo.
Reunidos pra jantar
No palácio suntuoso,
Pórcia veio a perguntar
Onde haviam de estar
Seus anéis de ouro lustroso.

O mercador de Veneza

Cada anel, leitor ditoso[112],
Celebrava o casamento.
Cada homem, pois, nervoso
Ficou naquele momento,
Porque um bem valioso
Fora dado ao valoroso
Baltazar, por pagamento.

Era de Pórcia o intento
De os homens aperrear[113].
Depois do constrangimento
Que fez cada um passar,
Ela vai ao aposento
Trazendo, então, a contento
Cada anel singular.

Quase sem acreditar,
Os homens ali presentes
Puderam então decifrar
Quem eram os defendentes
De Antônio. E a abraçar
Pórcia e a criada sem par,
Festejaram bem contentes.

E notícias excelentes
Chegavam lá de Veneza:
De Antônio as naus ausentes
São achadas, e a riqueza
Do nobre dos mais decentes
Cresce como as sementes
Em chão livre da vileza.

---

110. Elegância. Figurativamente, significa *generosidade* ou *bravura*.
111. (v.) Agrada-se, deleita-se.
112. Feliz, sortudo, afortunado.
113. Causar incômodo ou aflição. É o mesmo que *apoquentar* ou *atormentar*.

A megera domada

Que entre os casais o amor
Reine em toda a jornada
Até que os dois o Senhor
Chame pra eterna morada.
Examine, meu leitor,
Se isso ocorre com rigor
Em *A megera domada*.

I – PRÓLOGO

Em uma suja calçada,
Caiu de tanto beber
Sly, figura engraçada
Que começa a adormecer.
Assim, não vê a chegada
De uma turma animada
E que ria a valer.

Vendo o maltrapilho ser
Que na sarjeta dormia,
Um da turma, por prazer,
Uma peça logo urdia[114]:
"Mudanças vou promover
Neste bebum pra ele crer
Que é da aristocracia".

---

114. Maquinava, arquitetava.

Comédias

Quem essas coisas dizia
Era um nobre abastado,
Que logo providencia
Que o bebum seja levado
À mansão que possuía
E neste roupas vestia
Sem que o tal fosse acordado.

Um grupo foi contratado
Pra enganar o beberrão
Quando este, despertado,
Estranhasse a mansão
Onde estava hospedado,
E a cada ator é mostrado
Seu papel na enganação.

Completando a armação,
Uma atriz o papel faz
De esposa do cidadão
Que bebia por demais.
Conhecendo a função
De cada ator em questão,
O nobre se satisfaz.

Quando acorda o tal que jaz
Em leito tão elegante,
Olha pra frente e pra trás,
Achando, por um instante,
Que ainda dorme em paz,
Pois, como em sonho fugaz,
Tudo é impressionante.

Um ator-comediante,
Fingindo ser um criado,
Vem a Sly, que, hesitante,
Olha bem desconfiado.
Antes que Sly se levante,
Diz o "criado" ofegante
Para o sujeito deitado:

"Deixe que seu empregado
Traga sua refeição.
Pra isso fui contratado,
É esta minha função.
O que for de seu agrado
Me peça, que será dado
Para você, meu patrão".

Com a mente em turbilhão,
Sly diz bem grosseiro:
"Seu patrão eu não sou, não;
Sou um reles latoeiro[115].
Como eu vim, meu cidadão,
Para esta bela mansão,
Se moro num pardieiro?"

Chega um lorde e, bem ligeiro,
Para Sly depressa inventa:
"Vejo ainda, companheiro,
Que o delírio o atormenta.
És um nobre, tens dinheiro,
Porém um mal passageiro
As lembranças afugenta.

A megera domada

II – A MEGERA DOMADA

"Sei que a cura é muito lenta,
Porém, deves te esforçar.
Aquieta-te e tenta
Entender que este é teu lar.
Tua esposa não aguenta
Quando a loucura se assenta
Tua mente a perturbar".

Já prestes a acatar
A história ali contada,
Sly pede pra falar
Com a esposa citada,
Pois custava a acreditar
Que alguém o pudesse amar,
Crendo ser uma cilada.

Chega a atriz contratada
Pra ser a mulher do tal.
Diz o lorde ao camarada
Que, pra curá-lo do mal,
Será uma peça encenada:
"É *A megera domada*,
Uma peça bem legal".

Pádua, Itália, é o local
Onde o mercador Batista
Fez riqueza sem igual,
Fortuna a perder de vista.
Mas o bem material
Não lhe dera, afinal,
Tranquilidade benquista.

A calma ele não conquista
Por ser pai de Catarina,
Donzela de alta crista
Que a todos azucrina.
Agindo qual pugilista,
Ela se torna malvista
Pela fúria repentina.

Já era uma rotina
A moça tudo quebrar
E lançar até botina
Em quem ousava enfrentar
Aquela fera ferina,
Que desde muito menina
Não cansava de brigar.

---

115. O que faz ou vende obras de latão ou de lata. Em alguns lugares, é chamado de *bate-folha* ou *funileiro*.

Comédias

Quem vivia a lamentar
Era Bianca, irmã dela,
Pois ouvira o pai falar
Que a caçula tão bela
Só iria para o altar
Depois de a irmã se casar,
Por ser mais velha que ela.

Bem furiosa, a donzela
Com a irmã conversou,
Mas, irada, esta revela
Algo que a irmã chocou:
"Pretendente tagarela
Que me chegar à janela
Enxotar juro que vou".

Bianca então chorou,
Pois casar logo queria.
Mas de nada adiantou,
Pois Catarina, bem fria,
Para a irmã não ligou
E, assim, continuou
Rejeitando parceria.

Eis que, em Pádua, um dia
Chega Lucêncio, um rapaz
De grande sabedoria,
Pois lera livros demais.
Trânio traz por companhia,
Com o qual pra Lombardia
Pretende ir, aliás.

O tempo dos festivais
Transformara a cidade
Numa confusão voraz[116]
E de grande intensidade.
Lucêncio então se compraz[117]
E se alegra mais e mais
Com aquela novidade.

Em meio à festividade,
Vê ele uma moça linda
E uma paixão de verdade,
Enorme, feroz, infinda,
No mesmo instante o invade,
Tolhendo toda a vontade
Do jovem que se deslinda[118].

Era a moça na berlinda
A belíssima Bianca.
Todos saudavam a vinda
Da moça dócil e franca.
Um, com um verso, a brinda:
"Tu és mais bela ainda
Do que a lua tão branca".

Um pretendente espanca
O poeta inusitado
E das mãos deste arranca
Um alaúde dourado.
Lucêncio, que da "potranca"
Examina face e anca,
Suspira apaixonado.

A megera domada

Chega o pai muito zangado
E a filha sai de repente.
Batista, em grande brado,
Fala imediatamente,
E bastante desagrado
Causa o comunicado
Do pai da moça insolente:

"Bianca casa somente
Quando eu casar Catarina,
Pois Bianca, minha gente,
É mais nova, mais menina.
Arranjem, pois, pretendente
Pra minha filha valente
A quem chamam 'vitalina'".

Lucêncio, que, da esquina,
Ouve tudo com atenção,
Escuta, quase em surdina,
Que Batista busca então
Pra Bianca, sua "mina",
Um professor gente fina
Que dê à filha instrução.

Tendo ele a formação
Pro ofício exigida,
Troca com Trânio o roupão
E vai tentar em seguida
A tal vaga em questão,
Dando a ele a condição
De se chegar à querida.

Aquela boa saída
Pra se chegar à amada
Também veio a ser seguida
Por outros dois, na estrada,
Que estavam loucos da vida
Pela moça pretendida
E por Lucêncio adorada.

Grúmio e Hortêncio a citada
Pretendiam conquistar,
Mas Bianca uma olhada
Em Lucêncio veio a dar
E ficou apaixonada,
Vencendo este a parada
Que estava a disputar.

---

116. Destruidora.
117. (v.) Agrada-se, deleita-se.
118. (v.) Descobre-se, exibe-se, aclara-se.

Comédias

Veio então a chegar
Naquele gentil condado
Petrucchio, homem sem par,
Mas muito mal-encarado.
Com ricaça quer casar
Para o dote apanhar,
Melhorando seu estado.

Sendo ele informado
Sobre a bruta Catarina,
Sente já ter alcançado
A meta que a si destina:
"Sendo o pai endinheirado,
Eu já me sinto casado
Com a tal fera ferina".

Um criado então opina
Pra fazê-lo desistir;
Outro diz que a grã-fina
Pode até lhe agredir.
Petrucchio não se azucrina
Só trazendo à retina
O dote que há de vir.

Decidido, vai pedir
A mão dela a Batista.
O pai da moça, a sorrir,
Se mostra bem pessimista.
No entanto, a seguir,
Diz que o tal pode investir
Na domação da malquista.

Petrucchio logo avista
A tão famosa megera,
A qual quer que ele desista
Do plano que ele fizera.
Mas, sendo um especialista
Nos meandros da conquista,
Petrucchio diz para a fera:

"Ouve a palavra sincera
De meu peito sofredor:
Tua imagem em mim impera,
Enche minh'alma de amor.
Para os outros és pantera,
Mas pra mim és primavera,
Que enche os campos de flor".

Catarina, com furor,
Responde ao pretendente:
"És um péssimo ator
E falas como um demente.
Deixe-me, faça o favor,
Pois brutos como o senhor
Não quero ver pela frente".

Petrucchio, bem paciente,
Não se abalou com a ofensa,
Pois pensava sorridente
Na polpuda recompensa
Que ele, futuramente,
Ganharia de presente,
E só nisso é que ele pensa.

A megera domada

Com ironia imensa,
Petrucchio diz com maldade:
"Tu és boa de nascença,
Embora toda a cidade
Te trate com indiferença
E também mantenha a crença
De que não há quem te agrade".

Catarina, sem piedade,
Um vaso nele atira.
Porém, com habilidade,
Petrucchio logo se vira.
E espatifa-se na grade
O vaso que a beldade
Lançara cheia de ira.

Ante a terrível mira
Que Catarina apresenta,
Petrucchio logo suspira
E agarrar então tenta
A mulher que tanto aspira
E por quem ele delira
Nessa hora de tormenta.

Pondo fogo pela venta[119],
Petrucchio encara a donzela.
Catarina então atenta
Que era melhor para ela
Fugir da peste cruenta
Que tanto a atormenta
Numa hora como aquela.

Pondo o sebo na canela,
Pôs-se ela a correr,
Mas logo descobre a bela
Que difícil era vencer
O tal pretendente dela.
Então, por uma janela
Ao telhado veio a ter.

Sem se deixar abater,
Petrucchio logo a seguiu.
Com o peso, a ranger
O telhado sucumbiu,
E o povo que veio ver
O que estava a ocorrer
Logo um estalo ouviu:

---

119. Cada uma das fossas nasais, narina. A expressão "pôr fogo pela venta", que remete aos mitológicos dragões, reforça aqui o sentimento de fúria que se apoderava de Petrucchio.

Comédias

O teto não resistiu,
Caindo a dupla assim;
Por sorte, ela caiu
Num carroção de capim.
Então Petrucchio sorriu
Pois com isso conseguiu
Pegar a dama, enfim.

Seguindo pelo jardim
E subindo uma escada,
Petrucchio dava um fim
À fuga desesperada
Da donzela, e um sim
Exigia, outrossim,
Da moça bela e zangada.

Firmemente pressionada
E com um braço torcido,
A bela então, obrigada,
Disse um sim pro atrevido.
O pai da jovem citada,
Ouve o sim e uma risada
Deu de pronto, comovido.

Petrucchio, com alarido,
Pro pai da moça falou:
"Como vê, sogro querido,
Catarina me aceitou
Como futuro marido,
E o casório, a seu pedido,
Será domingo. Escutou?"

A notícia alegrou
A Bianca por demais,
Que, muito feliz, pensou:
"Solteira não fico mais.
Minha irmã um noivo achou;
Casar-me então breve vou
E isso me satisfaz".

Lucêncio, que aliás
Dela era o namorado,
Alegrou-se mais e mais,
Sendo disso informado.
Como eu disse lá atrás,
Fingia o tal rapaz
Que era Trânio, um empregado.

Com este tinha trocado
A roupa, fingindo ser
Um professor afamado
Vindo para concorrer
Ao cargo tão disputado
De mestre, um meio achado
Pra chegar-se ao bem-querer.

Bianca, vindo a saber
Do plano já bem urdido,
Ajuda a desenvolver
O projeto referido.
Cabia então obter
Alguém para exercer
Um papel bem definido:

A megera domada

"Para ser bem-sucedido
O plano aqui pensado,
Bom ator é requerido
Para o papel renomado
De meu pai, ser destemido
Que em Pisa é mui conhecido,
Sendo Vicêncio chamado".

Eis o plano ali tramado
Por Lucêncio e a guria:
Trânio, que era o empregado
De Lucêncio, fingiria
Ser o patrão abastado;
Por isso, do amo citado
As roupas ele vestia.

Trânio então logo iria
Pedir a Batista a mão
De Bianca, que viria
Dar um sim ao cidadão.
Para isso carecia
Ter alguém que atuaria
Como o pai do varão[120].

Já por essa ocasião,
Seria atingida a meta:
O Lucêncio real então
E a donzela dileta
Selariam a paixão,
Mesmo que a celebração
Tivesse que ser secreta.

Enquanto isso projeta
O par a quem dou acento,
A cidade, antes quieta,
Vira um lugar barulhento
E de agitação repleta
Quando a igreja se atapeta
Para um aguardado evento:

É o dia do casamento
De Petrucchio e Catarina.
Dos sinos, leva o vento
O alarde pela campina.
Há risos, divertimento,
Gritos e contentamento
Rondando por cada esquina.

---

120. Indivíduo do sexo masculino, homem.

Comédias

A igreja se ilumina,
Ornada com muitas flores.
O cinza que predomina
Dá lugar às belas cores,
Que encantam a retina
Da meninada traquina
Que irrompe nos corredores.

Como a esquecer suas dores,
Todos ficam à espera
Da noiva, cujos humores
São de pessoa austera.
Mas as damas e senhores
Nos lábios só têm louvores
Ao verem chegar a fera.

Viram quão bonita era
A donzela tão zangada,
Pois sumira a megera
Sob a veste adornada.
Da multidão se apodera
A veneração sincera
Ante a noiva citada.

Ia com garbo na escada
Que à igreja conduzia.
Mas a face encantada
Logo à ira sucumbia
Não vendo na igreja dada
O irritante camarada
Com quem ela casaria.

Como sempre acontecia,
A noiva é quem se atrasava.
Por isso se enfurecia
A noiva que ali estava.
Nenhum sentido havia
No que ali ocorria,
E isso a enfezava.

Catarina, muito brava,
Ouve alguém incontinente
Dizer que por fim chegava
O tal do noivo indigente,
E, à medida que avistava
O tal que se aproximava,
O seu furor foi crescente.

É que o noivo, bem contente,
Vinha todo convencido,
Com chapéu velho pendente
E um gibão[121] carcomido[122].
Todo, todo saliente,
Exibia displicente
Seu velho traje puído[123].

Batista, enfurecido,
Ordena em forte brado
Que o seu genro enxerido
Procure um traje adequado.
Mas retruca o atrevido:
"De tua filha sou querido,
Mesmo estando mal trajado".

A megera domada

Chegando, todo empolgado,
Junto à bela Catarina,
Da noiva foi enxotado
Com uma fúria canina.
Mas depois, tudo acalmado,
O rito é realizado,
Como a lei determina.

Depois que o rito termina,
Se oferece ao casal
E para a gente grã-fina
Um banquete sem igual.
Mas Petrucchio não afina,
E ao criado determina
Algo muito anormal:

"Oh!, meu fiel serviçal,
As coisas minhas apronte.
A chuva é torrencial,
Mas é mister[124] que eu monte
Em meu nobre animal,
Levando a noiva leal
Antes que o sol desponte".

Sem norte, sem horizonte,
Catarina então ficou.
A surpresa em sua fronte
Bem nítida se mostrou.
Feroz qual rinoceronte,
Ela seguiu pra defronte
Do estábulo, onde montou.

Sob a chuva cavalgou,
Montada em reles jumento.
No caminho reclamou
Por aquele casamento.
Mesmo assim continuou
E firme atravessou
Sob lama, frio e vento.

A viagem de tormento
Termina ao raiar o dia,
Chegando, nesse momento,
O trio à moradia
De Petrucchio, que assento
Toma com contentamento
No banco que ali havia.

---

121. Veste de couro usada pelos vaqueiros.
122. Gasto, puído, arruinado.
123. Desgastado.
124. É o mesmo que *é necessário, é indispensável*.

Comédias

Catarina ali só via
Sujeira e degradação;
Em tudo se distinguia
Da luxuosa mansão
Onde com o pai vivia
E o que quisesse teria
Com um aceno da mão.

Gritaria e confusão
Dominavam o lugar.
Aos gritos, o vil patrão
Passava a ordenar:
"Tragam já a refeição,
Que uma fome de leão
Faz o estômago roncar".

Com um frio de amargar,
Pois tinha a roupa molhada,
Catarina foi sentar
Na cadeira situada
Junto ao fogo a crepitar
Para então amenizar
A frialdade danada.

A refeição preparada
Em embalada carreira
Foi enfim acomodada
Numa mesa de madeira.
Vendo a mesma preparada,
Catarina, esfomeada,
Põe à mesa a cadeira.

Vendo que a companheira
Queria se alimentar,
Petrucchio, com voz matreira,
Pede a ela pra esperar:
"Antes, oh!, fiel parceira,
Eu quero, sobremaneira,
Ao nosso bom Deus orar".

Começa então a rezar,
Alongando a oração.
Com isso quis castigar
O espírito turrão
Da esposa, que a berrar
Dizia amém sem cessar,
De olho na refeição.

Dando finalização
À reza que se alongava,
Petrucchio disse então
Que a comida ruim estava.
E, gritando, o maganão[125]
Joga a comida no chão,
E nesse instante falava:

"Querida, não fique brava,
Por esses meus serviçais.
O que aqui se encontrava
Só serve pra animais.
Se eu tivesse boa escrava,
Bom prato ela preparava.
Jejuemos, pois, em paz".

A megera domada

"Estava boa por demais
A comida, meu marido.
Se dos pratos não gostais,
Eu podia ter comido.
Devíeis ter ido atrás
Do que a vós satisfaz;
Isso sim tinha sentido."

Sem a ela dar ouvido,
Petrucchio segue pra cama.
Logo após é seguido
Pela mulher que ele ama.
Ali, já quase despido,
Vem ele todo enxerido,
E o corpo dela reclama.

O marido, que se inflama,
Se aproxima da bela,
Mas a sua astuta dama
Lhe bate com uma panela,
Vingando a chuva e a lama
E o jejum, partes do drama
Que ali vivera ela.

Petrucchio os olhos grela[126]
E destrói parte do leito
Onde o belo corpo dela
Descansava por direito.
A esposa não se atropela
E somente ali anela[127]
Ter do sono algum proveito.

Pela manhã, o sujeito,
Tendo acordado, notava
Que a mulher, com efeito,
De pé já se encontrava.
Na casa dera um jeito
Catarina, que respeito
Dos criados alcançava.

A casa já se achava
Toda limpa e arrumada.
Catarina comandava
Cada criado e empregada.
Dessa forma adornava
A casa onde morava
E que estava bagunçada.

---

125. Que ou quem demonstra pouca ou nenhuma responsabilidade; malandro.
126. (v.) Arregala, fixa a vista em algo ou alguém.
127. Deseja, anseia.

Petrucchio, lá da escada,
Agradecia a sorte,
Pois via como a amada,
Com garbo e nobre porte,
Cumpria a empreitada,
Pondo a casa arrumada
E a tudo dando um norte.

Mas o seu orgulho forte
Nem um pouco arrefecia[128].
Por isso, só por esporte,
Novamente insistia
Em maltratar a consorte[129],
Que a ele dava suporte
Com denodo[130] e galhardia.

Enquanto isso ocorria,
Lá na casa de Batista
Trânio apressado ia,
Tendo consigo um artista
Que por Vicêncio iria
Se passar naquele dia,
Conforme o plano simplista.

Foi curta a entrevista,
Pois Batista, ao saber
Que o jovem que ali avista
Era rico pra valer,
Do plano foi avalista,
E Trânio, assim, conquista
O que fora obter.

Contente por convencer
O pai da moça tão bela,
Trânio tudo vai dizer
Ao patrão, amante dela:
"O casamento vai ser
Domingo, e é bom correr,
Fugindo com a donzela".

Pondo de lado a cautela,
Lucêncio marca o casório
Em uma simples capela,
Onde, sem um auditório,
Terá a mão tão singela
De Bianca, pois sem ela
O viver seria inglório.

Batista, o pai simplório
De Bianca, que o engana,
Espalha no território
De forma bem soberana
Que o casamento notório
De modo satisfatório
É no início da semana.

A carta onde ele explana
Detalhes do tal evento
Logo chega à choupana
De Petrucchio, o birrento:
"Catarina, tua mana,
Com um homem cheio da grana,
Se unirá em casamento".

A megera domada

Mais veloz do que o vento
Que rompe mundo afora,
Petrucchio ao seu aposento
Chama sem qualquer demora
Alfaiates de talento
Pra que vestes e ornamento
Façam pra sua senhora.

E tendo chegado a hora
De ver cada veste feita,
Catarina tudo adora,
Se mostrando satisfeita.
Mas Petrucchio joga fora
Toda roupa e manda embora
Todo mundo por despeita.

"Que roupinha mais malfeita.
Tudo é feio e ruim.
Oh! Ninguém mais me respeita,
Por isso agem assim.
Fazem roupa imperfeita
E cada um se deleita
Em preparar-me motim."

"Meu marido, deste fim
Em muito vestido belo.
Veja este traje carmim
E o colete amarelo!
Rasgaste seda e cetim,
Não dando atenção a mim,
Nem ouvindo meu anelo."

Como um rei em seu castelo,
Petrucchio era só riso,
Pois vencera o duelo,
Perturbando o juízo
Da esposa, que no chinelo
Vivia, num vil flagelo,
Qual Eva sem paraíso.

Pra você, leitor, aviso
Que o esposo de Catarina
Cria que era preciso
Baixar da esposa a crina.
Carecia pôr um guizo
Na gata de pouco siso,
Dando a ela disciplina.

128. Cedia, abrandava.
129. Cônjuge.
130. Intrepidez, ímpeto, desembaraço.

Comédias

Mas a mulher logo atina
No projeto do turrão.
Por isso, muito ladina[131],
Decide fingir então
Que obediente menina
Seria, tendo a rotina
De grande submissão.

Pro esposo nunca diz não,
Agradando o barbudo.
Aquela transformação
Faz o esposo espadaúdo[132]
Sorrir com satisfação,
Acreditando o bobão
Que a controlava em tudo.

Petrucchio, antes sisudo,
Finge ser um bom marido,
E com seda e veludo
Manda fazer um vestido.
A esposa do papudo
Ficou alegre. Contudo,
Seu gesto foi bem contido.

Mas não tinha se cumprido
De Catarina o drama,
Pois o esposo atrevido
Ainda armadilhas trama.
Tudo isso tinha urdido
Para provar ter vencido
A sua insolente dama.

De madrugada então chama
A esposa, e diz então:
"Abandona tua cama,
Pois sete horas já são.
É domingo, e a choupana
Deixemos, pois bom programa
Nos aguarda, coração".

Vendo a densa escuridão
Que dominava lá fora,
Uma contrainformação
Lhe dirige a senhora:
"Sete horas não são, não;
Mas duas horas, paixão,
Tardando ainda a aurora".

"Não me questione agora,
Tirando-me toda a paz.
Sou eu que digo a hora.
Chame então os serviçais
E se arrume sem demora.
Ou iremos logo embora,
Ou então não vamos mais."

Catarina, bem sagaz,
Fez o que o esposo pedia.
Assim foi logo capaz
De subir na montaria.
Foi quando o esposo falaz[133],
Vendo o sol, uma fala traz
Pra ver o que ela dizia:

A megera domada

"Olha só quem alumia
O curso de nossa estrada:
É a lua, que envia
Ao mundo a luz prateada".
Mal essa tolice ouvia,
Catarina consentia
Com a conversa fiada:

"Foi muito bem colocada
Essa sua afirmativa:
A lua tão adorada
É que traz essa luz viva
E de prata adornada
Que aqui ilumina cada
Membro desta comitiva".

Ante a resposta altiva
Que dera a esposa ladina,
Petrucchio, com voz ativa,
Logo a esposa azucrina:
"Tu mentes, oh!, minha diva,
Pois esta luz rediviva[134]
Do sol é que se origina".

A astuta Catarina
Responde bem prontamente:
"Agi qual tola menina
Ou ceguei completamente:
É o sol que na colina
Espalha a luz tão divina.
Estás certo novamente".

Petrucchio, bem sorridente
E se achando um vencedor,
Vê cavalgar mais à frente
Um velho e gentil senhor.
Então urde em sua mente
Outro ardil[135] impertinente
Pra chatear seu amor:

"Catarina, meu dulçor[136],
Lá na frente se revela
Dama de grande valor
Numa égua amarela.
Faze-me, pois, o favor
De saudar-lhe com fervor,
Pois gentil parece ela".

---

131. Astuta, ardilosa.
132. Forte, encorpado, robusto.
133. Enganador.
134. Ressuscitada, rejuvenescida, novamente manifestada.
135. Plano para enganar alguém.
136. Doçura, brandura.

Descendo de sua sela,
Catarina vai saudar
A "jovem" pura e bela
Para o marido agradar:
"Moça pura e singela,
Saúdo-te, oh!, donzela
De beleza singular".

Pouco depois de escutar
A citada saudação,
Petrucchio vem criticar
Aquela afirmação:
"Deves melhor reparar,
Pois quem está a chegar
É um feioso ancião".

"Meu esposo, tens razão;
Eu não reparei direito.
Por isso fiz confusão,
Confundindo o tal sujeito
Com uma dama de eleição;
Peço, pois, o teu perdão
Por meu falar imperfeito."

Cada vez mais satisfeito
Petrucchio ia ficando,
Crendo que dava um jeito
De a esposa ir domando:
"Tudo vai bem e perfeito,
Pois ela logo endireito
E a faço um ser puro e brando".

Cabe aqui ir explicando
Que o dito camarada
Que ia ali cavalgando
E tido por dama honrada
Era Vicêncio, buscando
O seu filho venerando
Que tinha em Pádua morada.

Ele, sem saber de nada
Do que o filho tramou,
Chega a Pádua, e a pousada
De Lucêncio procurou.
Estando a porta trancada,
Bateu nesta, e na sacada
O falso Vicêncio olhou:

"Quem meu sono incomodou,
Pois meu sossego se esvai?"
Vicêncio pro tal falou:
"Sou de Lucêncio o pai".
O primeiro retrucou:
"Pai dele eu é que sou;
Vai mentir lá longe, vai!"

Começava um ai, ai, ai
Que quase termina mal:
O ator, qual samurai,
Contra o Vicêncio real
Quase no braço ali sai,
E este diz que mente e trai
O atrevido rival.

A megera domada

Trânio então chega ao local,
Tendo de Lucêncio o traje.
Vendo assim o serviçal
A desfilar pela laje,
Vicêncio sentiu-se mal,
E com a razão, afinal,
Já este não interage:

"Já não há quem me encoraje,
Pois vejo o que aconteceu:
Como um vilão este age,
Pois matou o filho meu.
Mas mesmo que ele viaje,
Hei de vingar o ultraje,
Punindo o crime seu".

A polícia apareceu
E depressa confundiu
Vicêncio com um plebeu
E, por isso, decidiu
Levá-lo — relato eu —
Pra cela de intenso breu,
Como ninguém jamais viu.

Por sorte, ali surgiu
Lucêncio, o filho tratante,
Que desfazer conseguiu
A confusão tão gritante.
Depois que tudo ouviu,
Ao filho o pai proferiu
Um sermão edificante.

E o que é mais importante:
Sabendo tudo, Batista
Permitiu que o estudante,
Filho do capitalista,
Casasse naquele instante
Com a filha que, radiante,
Sorria pela conquista.

Com uma pedra de ametista
Adornando a grinalda,
Bianca atravessa a pista
Com seu vestido de cauda.
Do altar ela avista
Catarina, que, benquista,
Um belo leque desfralda.

Uma joia de esmeralda
Dá-lhe o noivo de presente.
Bianca então se esbalda,
A dançar toda contente.
Toda a longa espera salda
E sua face desfralda
Um sorriso reluzente.

Com as damas, sorridente,
Bianca então se afasta,
Seguindo rapidamente
Para uma sala vasta.
Conversam alegremente,
Expulsando da sua frente
A desilusão nefasta.

Deixando essa cena casta[137],
Voltemos para o salão,
Onde a gente entusiasta
Se entrega à diversão.
E entre o frango e a pasta,
Cada minuto se arrasta
Sob aquela agitação.

Nessa hora a gozação
Sobre Petrucchio recai,
Pois todos dizem então
Que só a dor e o ai
Nutrem o nobre em questão,
Pois casara com um falcão
Mais bravo que um samurai.

Tanto Lucêncio e o pai,
Como Hortêncio e Batista,
Unem-se ao coro que vai
Zombando do tal "artista",
Que da defensiva sai
Com uma aposta — escutai,
Que logo a todos conquista:

"Que todo o mundo assista
E testemunhe o fato,
Para que não subsista
Neste palácio o boato.
Basta se inscrever na lista
E cem coroas invista
Na aposta que ora trato.

"Eis aqui nosso contrato:
Mandai seu servo chamar
Para vir de imediato
A mulher para estar
Nesse cantinho exato.
Se ela não vier no ato,
Não manda o homem no lar".

Veio então a concordar
Com o trato aqui citado
Lucêncio, jovem sem par,
E Hortêncio, o empregado,
Para a lista completar,
Petrucchio vem a selar
O acordo ali firmado.

A megera domada

Lucêncio chama de lado
Seu serviçal e ordena:
"Biondello, meu bom criado,
Chamai a minha pequena".
Sendo assim ordenado,
Biondello vai disparado
Chamar Bianca, a serena.

Acompanhava a cena
Uma grande multidão,
Transformando em arena
O elegante salão.
E a multidão, qual hiena,
Que da presa não tem pena,
Redobrava a atenção.

Biondello volta então
E fala esbaforido:
"Sua esposa, meu patrão,
Não me deu nenhum ouvido.
Disse-me que não vem, não,
Pois tem uma ocupação
E deixá-la é sem sentido".

Logo um riso desmedido
Irrompeu pelo lugar,
Humilhando o marido
Incapaz de comandar
A mulher, pois seu pedido
Foi por ela rebatido
Ali, sem pestanejar.

Hortêncio, sem hesitar,
Pede então a Biondello
Que vá a mulher chamar
Para o salão do castelo.
Pra ordem executar,
Biondello vai falar
Com a mulher do tagarelo.

Não tardou para o donzelo
Retornar com a resposta:
"Tua esposa, já revelo,
Disse estar muito indisposta.
Que a procure é o anelo.
Perdeste, pois, o duelo
E o dinheiro da aposta".

---

137. Pura.

Com a face decomposta,
Pois ria só de pirraça,
Petrucchio logo se encosta
Na cadeira e enche a taça.
E Grúmio, que ali se posta
Junto ao amo de quem gosta,
Coça a barba rala e baça[138].

Já esperando a desgraça,
Pois a dama era valente,
Petrucchio, com a fé escassa,
Diz ao servo à sua frente:
"Chame aquela cuja graça
Não mina o ladrão, e a traça
Não corrói, por mais que tente".

Grúmio vai rapidamente
Cumprir a sua missão.
Bem atenta, toda a gente
Que estava na mansão
Espera que a serpente,
Por ser desobediente,
Ao esposo diga um não.

De repente, a multidão
Vê Grúmio voltar sozinho,
Dando ratificação
Ao pensamento daninho
De que Catarina então
Não iria ao salão,
Pois seu gênio era mesquinho.

Foi então que um burburinho
Dominou o tal lugar,
Pois sobre o piso de pinho
Vem a fera a desfilar
E mostrar o seu carinho
Ao marido, que há pouquinho
Mandara alguém lhe chamar.

Era coisa de espantar
Aquela cena, lhes digo,
Ou melhor, devo frisar,
Catarina traz consigo
As duas damas sem par
Que não quiseram escutar
Os seus maridos — lhes digo:

"Ferindo um costume antigo,
Disseram não aos maridos.
Isso é mau, e me intrigo
Por não terem dado ouvidos
Àqueles em cujo abrigo
Vocês não temem o perigo,
Pois eles são aguerridos.

"Seus rostos enraivecidos
Devem ser logo mudados,
Sendo substituídos
Por rostos bem adornados
E olhares agradecidos,
Pois esperam seus queridos
Que os louvem em altos brados.

A megera domada

"Pois como os empregados
Devem servir ao patrão,
As mulheres aos amados
Devem ter submissão.
Precisamos dos cuidados
Dos maridos devotados
Tratar-lhes com afeição".

Tendo aberto o coração,
Catarina emocionou
Toda aquela multidão
Que ali testemunhou
A grande transformação
Da megera em questão,
Que com garbo ali falou.

Petrucchio assim ganhou
A aposta que fizera,
Pois ali se confirmou
Ter domado aquela fera.
Grande fama alcançou
Porque afinal domou
Alguém que tão brava era.

Mas que saiba a galera
Que muitos, com energia,
Dizem que a moça austera
Falava com ironia.
Assim, se não foi sincera,
Fica claro que a megera
Ninguém nunca domaria.

138. Sem brilho.

Muito barulho por nada

Na obra shakespeariana
Se encontra representada
A existência humana
Como vazia zoada.
É o que se vê na trama
De uma peça que se chama
Muito barulho por nada.

Pra Messina, terra amada,
Vai Dom Pedro de Aragão,
Após vitória alcançada
Sobre o seu próprio irmão.
Figura mui desalmada,
Era esse camarada,
Cujo nome era Dom João.

Mas Pedro, de coração,
Ao seu mano perdoou,
E a reconciliação
Entre eles dois se firmou.
Mesmo assim, vocês verão,
João urdia[139] uma armação
Contra quem o derrotou.

Contar-lhes depressa vou
Que, pra o irmão derrotar,
Dom Pedro muito contou
Com uma dupla singular,
Que muito se destacou.
Por isso, Pedro a honrou
Com promoção militar.

Cláudio vem a se chamar
Desses jovens o primeiro.
Ele é um nobre exemplar,
Tendo um porte altaneiro[140].
Veio ele a se apaixonar
Por Hero, moça sem par,
Dona de olhar trigueiro.

O nome do companheiro
De Cláudio depressa cito:
Possuía o cavaleiro
O nome de Benedito.
Beatriz é do guerreiro
O amor puro e verdadeiro,
E formam um par bonito.

139. Arquitetava, maquinava.
140. Altivo, sobranceiro, imperioso.

Dom Pedro vê Cláudio aflito,
Pois não revelara ainda
O seu amor infinito
A Hero, moça tão linda.
Dando apoio irrestrito,
Pedro oferta, expedito,
A sua ajuda bem-vinda:

"Tua dor aqui se finda,
Pois irei me disfarçar.
Com o traje que me blinda,
Por ti irei me passar.
Assim, a paixão infinda,
De teu coração provinda,
A Hero vou revelar".

Passando pelo lugar
Um simplório empregado,
Este vem a escutar
Dom Pedro, que, empolgado,
A Cláudio estava a contar
O que a Hero ia falar
Ao se achar disfarçado.

Tendo, por erro, achado
Que Pedro era o amante,
Seguiu bastante apressado
O serviçal delirante.
De Hero o tio amado
Era o amo do criado,
Que chegava ofegante.

Ouvindo, naquele instante,
O que o criado dizia,
O patrão fica exultante,
Uma vez que ele cria
Que a sobrinha elegante
Com o príncipe galante
Em breve se casaria.

Enquanto isso ocorria,
Contava alguém a Dom João:
Numa festa que haveria,
Dom Pedro de Aragão
Por Cláudio se passaria
E a Hero revelaria
De Cláudio a grande paixão.

Tendo ódio ao cidadão
Que Pedro tanto amava,
João tece, com atenção,
Um plano que almejava
Impedir que Cláudio, então,
Conquistasse o coração
Da moça que desejava.

E depressa ali chegava
O tão esperado dia
Em que se realizava
O baile de fantasia.
Pedro, então, se disfarçava
E por Cláudio se passava,
Conforme o plano previa.

Muito barulho por nada

Dom João, que ali surgia
Com um projeto de maldade,
Pra Cláudio logo dizia
Que Hero, sua beldade,
Dom Pedro muito queria
E naquele baile iria
Cortejá-la de verdade.

O ciúme logo invade
O coração do rapaz,
A quem João persuade
Que Pedro, de forma audaz[141],
Agia com falsidade
Pra roubar, com brevidade,
Sua Hero, que quer demais.

Crendo que fora eficaz
O seu plano de destroço,
João muito se satisfaz
Vendo o ciúme do moço.
Mas seu êxito é fugaz,
Pois a trama logo jaz
Nas águas de um fundo poço.

É que todo esse alvoroço
Que ali se prometia,
Não passou de um esboço,
Pois Pedro, com simpatia,
Disse a Cláudio, num almoço,
Que, pro casório, o endosso[142]
Do pai de Hero teria.

Quando de tudo sabia,
Dom João ficou muito irado,
Uma vez que ele via
Seu plano ser arruinado.
Contudo, não desistia,
E novo plano urdia
Em seu coração malvado.

Já Pedro, tendo ajudado
Cláudio e sua donzela,
Um outro amigo adorado
Ajudar também anela[143]:
Dessa vez, quer ver casado
Benedito, que agrado
Tem por Beatriz, a bela.

---

141. Audaciosa, atrevida, ousada.
142. Aval, autorização, aprovação.
143. (v.) Almeja, anseia ardentemente.

Sem se declarar pra ela,
Permanece ele sozinho,
E sua alma se flagela[144],
Vivendo em torvelinho[145].
Pra ajudar o moço em tela,
Pedro age com cautela
Pra unir o casalzinho.

Nesse papel de padrinho,
Fez o amigo saber
Que Beatriz, seu anjinho,
O amava pra valer,
Mas hesitava um pouquinho
Em revelar seu carinho
E ele não a querer.

Vindo isso a conhecer,
Benedito se anima
A coragem obter
Para que, assim, exprima
A Beatriz, seu bem-querer,
E que vivia a esconder:
Seu amor e sua estima.

Mas o romântico clima
Que ali se instaurou
Nem de longe desanima
Dom João, que formulou
Uma cruel pantomima[146],
Da maldade a obra-prima
Que sua mente forjou.

Borachio ele chamou,
E este inescrupuloso
Rapidamente marcou
Um encontro amoroso.
E, como explicar-lhes vou,
Aquele encontro gerou
Um equívoco ruidoso.

Borachio, o ardiloso,
Logo o seu papel cumpria,
Tendo um encontro danoso
Com a dama de companhia
De Hero, que, por esposo
Teria Cláudio, o ditoso,
Naquele esperado dia.

Margarida era a guria
Que com Borachio estava.
Culpa nela não havia,
Pois o plano ignorava.
Dessa forma, ela caía
Na arapuca que erigia[147]
Dom João, que tudo armava.

Margarida ali usava
Um vestido elegante,
Que o homem com quem se achava
Lhe dera todo galante.
A roupa se assemelhava
Com a que Hero usava
Em cada festa dançante.

E, pondo o plano avante,
Para um passeio, João
Chama todo cativante
Tanto Cláudio quanto o irmão.
Logo o par acompanhante
João fez parar diante
De um belo caramanchão[148].

Abraçado com paixão
Estava ali um casal.
Da distância em que estão,
Cláudio e Pedro viam mal.
João os leva a crer, então,
Que um caso de traição
Ocorria no local:

"Não é Hero, pessoal,
Que vemos nesta vil cena?
Não é o vestido igual,
Cláudio, ao da tua pequena?
A semelhança é total
Entre Hero e a moça tal
Que nossa moral condena".

Dom João, como vil hiena,
Fez Cláudio acreditar
Que a moça bela e serena
Com quem ia se casar
Era a jovem morena
Na ação tão obscena
Que estava a contemplar.

---

144. (v.) Atormenta-se, martiriza-se, padece.
145. Redemoinho, pé de vento que avança descrevendo circunferências.
146. Figurativamente, significa *conto* ou *história usada para enganar alguém*.
147. (v.) Criava, construía, montava.
148. Construção tosca, de ripas ou estacas, geralmente recoberta de planta trepadeira, situada num parque ou jardim.

Comédias

Sem ter como argumentar
Contra a cena que ali via,
Dom Pedro vem aceitar
Que Hero, então, traía
Cláudio, amigo sem par,
Que iria para o altar
Com a imoral guria.

Faltando apenas um dia
Para o seu casamento,
Cláudio muito padecia
Com todo o fingimento
De Hero, que amou um dia,
Mas que agora só queria
Dar o justo pagamento.

E, chegado o momento
Em que ia se casar,
Mais veloz do que o vento,
Foi ele desmascarar
De Hero o fingimento,
Na igreja onde o evento
Ia se realizar.

O que veio a contemplar
Na noite anterior
Veio Cláudio a informar
A toda dama e senhor
Que estava no lugar
Pra ver ali se casar
Hero com o seu amor:

"Saibam que com amargor
Lhes falo da traição
Desta mulher sem pudor,
Ferindo meu coração.
Para aumentar minha dor,
Testemunhei, que horror,
A cena de perversão".

Pedro deu confirmação
Ao que Cláudio, então, dizia,
Aumentando a comoção
Da plateia que assistia
Àquela revelação,
Que toda a reputação
De Hero, então, destruía.

Diante do que ouvia,
Hero não mais aguentou:
Num grito de agonia,
De repente desmaiou.
Dando as costas à guria,
O povo repercutia
O que ali se revelou.

Frei Francisco logo achou
Que havia coisa errada.
Por isso, um plano bolou
Com o pai da noiva afrontada.
Assim, se anunciou
Que Hero não suportou,
Morrendo e sendo enterrada.

Muito barulho por nada

Estando a moça ocultada,
O povo logo se agita,
Pois crê estar sepultada
A donzela tão bonita.
Foi até edificada
Uma campa adornada,
A qual o povo visita.

Uma atitude inaudita[148]
Toma o pai da donzela:
Para um duelo incita
Cláudio, o ex-noivo dela.
Vencendo, o pai acredita
Que a honra reabilita
De Hero, sua filha bela.

Nesse ínterim, revela
Benedito a Beatriz
Tudo o que sente por ela,
E que somente é feliz
Em situações como aquela,
Em que, da moça singela,
Beija as mãos tão juvenis.

A jovem, que sempre quis
Que ele a cortejasse,
Ao moço de olhos gentis
Pede pra que enfrentasse
Cláudio, que ela maldiz
Por fazer Hero infeliz,
Levando-a ao vil desenlace.

À jovem de alta classe
Benedito afirmou:
"Eu prometo fazer face
A quem tanto mal gerou.
Ainda que eu me desgrace,
Pra resolver esse impasse,
Duelar com Cláudio vou".

Cláudio, assim, se obrigou
A sua vida arriscar
Contra a dupla que ousou
O moço desafiar,
Pois, pelo mal que causou
A Hero, se levantou
De duelistas um par.

---

148. Nunca ouvida. Figurativamente, significa *incrível, espantosa, surpreendente*.

Comédias

Mas ninguém foi duelar
Contra o moço citado,
Pois a um amigo de bar,
Borachio, embriagado,
Veio, então, a confessar
Como veio a atuar
No plano por João traçado.

Para azar desse malvado,
Um guarda-noturno ouviu
Aquele palavreado
Que Borachio proferiu.
O guarda, bem apressado,
Leva para o delegado
O sujeito que mentiu.

Logo a notícia cobriu
Cada canto da cidade.
Quando Cláudio descobriu,
Sofreu com intensidade,
Pois culpado se sentiu,
Uma vez que destruiu
De Hero a dignidade.

Com a maior brevidade
Foi ao pai da falecida.
Com toda a sinceridade
De uma alma arrependida,
Pediu, com grande humildade,
O perdão, pois lhe invade
O remorso que o trucida.

Pra dar à alma dorida[149]
O perdão solicitado,
O pai da moça querida
Impõe ao moço a seu lado
Estranha contrapartida:
Casar com uma desconhecida
E de rosto mascarado.

Bastante desesperado
Pelo remorso e a dor,
Cláudio se vê obrigado
A dar um "sim" ao senhor.
Voltando ao lar desolado,
Espera, resignado,
A pena, seja qual for.

Pouco antes, uma flor
Na campa ele foi deixar
Pra demonstrar o ardor
Pela dama singular.
E o jovem tão sofredor,
Na tal campa, o seu amor
Num epitáfio foi gravar.

Depois foi até o altar
Para a noiva receber.
Logo a viu ingressar
No templo, sem conhecer
Com quem ia se casar.
Mas ele, sem se queixar,
Deixou tudo acontecer.

Muito barulho por nada

Após o padre dizer
Suas palavras finais,
O beijo em seu bem-querer
Devia dar o rapaz.
Vindo ele a suspender
A máscara, o prazer
Dominou Cláudio demais.

Quem estava por detrás
Da máscara referida
Era Hero, que não jaz,
Pois só estava escondida.
O segredo se desfaz,
E aquele par se compraz[150]
Em um amor sem medida.

E digo, feliz da vida:
Benedito e Beatriz
Casaram logo em seguida,
Sendo mais um par feliz.
E com grande acolhida,
Pedro, a festejar, convida
Os dois casais tão gentis.

Chega um serviçal e diz
Que prenderam Dom João,
Mestre em forjar ardis[151]
E um ser de mau coração.
Porém, mexendo os quadris,
Dom Pedro nunca mais quis
Ter notícias do irmão.

---

149. Que ainda se ressente um tanto da dor que teve. Figurativamente, significa *consternada, triste, compadecida*.
150. Agrada-se, deleita-se.
151. Planos para enganar alguém.

A tempestade

Todo o dom shakespeariano
De mostrar a intensidade
Do espírito humano
Se observa, de verdade,
Num texto que, salvo engano,
Criou ao cair do pano,[152]
Sendo ele *A tempestade*.

Em Milão, rica cidade,
Próspero, que duque era,
Mostra curiosidade
E, com disciplina austera,
Busca alcançar a verdade
Da materialidade
E a que na magia impera.

No estudo ele se esmera,
O atrai qualquer conteúdo.
Assim, decifrar espera
O mistério atrás de tudo.
Tanto nisso persevera,
Que ele não considera
Que corre um risco agudo.

---

152. Figurativamente, faz referência à cortina do teatro. Nesse sentido, a expressão "ao cair do pano" é aqui usada como "encerramento da peça", no caso, do trabalho teatral de Shakespeare, uma vez que *A tempestade* foi sua última peça.

Comédias

Antônio, um irmão sisudo
Que Próspero possuía,
Invejava, sobretudo,
O título que exibia
O seu mano sabe-tudo,
Que se entregava ao estudo
Em seus livros de magia.

Antônio, então, se alia
Com o rei napolitano.
Dessa forma, conseguia
Prender o irmão, o tirano.
Num barco, ele envia
Próspero, pois pretendia
Reinar ali soberano.

Também pro exílio insano
Seguia Miranda, a filha
Do duque, ao qual o mano
Entregara à bastilha[153].
Só três aninhos — explano —
Tinha a filha do fulano
Que o vil Antônio humilha.

Sob o sol, que no céu brilha,
O barco vem a chegar
A uma verdejante ilha
Perdida no fim do mar.
Miranda se maravilha
Pelo verde que fervilha
Naquele incerto lugar.

Pai e filha vão olhar
O lugar tão verdejante.
Decide a dupla ficar
Naquele lugar distante,
Que passa a ser o lugar
Daquele adorável par,
Que se amava bastante.

Um monstro horripilante
Chamado de Caliban
Era dali habitante
E membro de um vil clã,
Pois era a mãe do gigante
Sicorax, que amante
Fora do próprio satã.

O filho da tal vilã
Não era o único ser
Que aquela ilha tão chã[154]
Escolhera pra viver,
Pois como o feio titã[155],
Ariel rompe a manhã,
Cortando o ar a correr.

Sendo Ariel — vou dizer —
Um espírito do ar,
Ninguém o podia ver
Ou podia lhe tocar.
Como é fácil perceber,
Próspero iria ter
Problemas no novo lar.

A tempestade

Mas, sabendo aproveitar
O saber acumulado,
Ele pode dominar
O espírito alado,
Que vivia a voar
Pelas áreas do lugar,
Fosse serra, vale ou prado.

Já Caliban, por seu lado,
Era difícil domar.
Torná-lo civilizado
Era uma missão sem par.
Próspero, extenuado,
Muito havia tentado,
Sem bom êxito lograr.

De tanto se dedicar,
Conseguiu o cidadão
Um modo de controlar
O monstro em alusão.
Veio, assim, a escravizar
Tanto o espírito do ar
Quanto o tal bicho turrão.

Postos em submissão,
Caliban e Ariel
Serviam ao seu patrão,
Cumprindo sempre o papel
Que Próspero, de antemão,
Definia com atenção,
Pra evitar escarcéu.

E como o veloz corcel[156]
A seguir por vales planos,
O tempo, em seu carrossel,
Na roda dos desenganos,
Foi seguindo em seu tropel[157].
Assim, vemos, sob o céu,
Se passarem doze anos.

E reabrindo-se os panos
Dessa nossa narrativa,
Veremos muitos fulanos
Em situação aflitiva,
Quando ventos desumanos
Concretizarem os planos
De uma alma vingativa.

---

153. Dava-se o nome de *bastilha* a determinadas fortalezas avançadas de certas cidades na Idade Média. Na França, passou a designar, a partir do início do século XVII, *prisão*. A esse respeito, a Bastilha de Saint-Antoine tornou-se célebre por ter sido o palco do evento histórico conhecido como a Tomada da Bastilha, dizendo respeito à libertação (pela população) dos presos que ali estavam, em 14 de julho de 1789, fato que se tornou um símbolo do início da Revolução Francesa. No texto, é empregado no sentido de *prisão*.
154. Plana, lisa, sem altos nem baixos. Em sentido figurado, significa *simples, singela*.
155. Gigante mitológico. Figurativamente, significa *pessoa muito forte*.
156. Cavalo de batalha. Em sentido figurado, significa *cavalo de raça*.
157. Ruído do andar ou do correr de muita gente ou de animais. Figurativamente, significa *grande confusão, balbúrdia*.

Eis aqui a explicativa
Do que vim a antecipar:
Com os poderes que priva,
Próspero antevê no lar
Que uma turba[158] festiva,
Em embarcação altiva,
Seguia em alto-mar.

Vinha o navio sem par
Do continente africano,
Onde foi participar
O vil rei napolitano
De um evento singular,
Pois, com um nobre do lugar,
Casa a filha do fulano.

Com esse vil soberano,
Seguia no tal navio
Fernando, que do tirano
É o filho de grande brio.
Também ia o desumano
Sebastião, que era o mano
De Alonso, o rei tão frio.

Além do citado trio,
Seguia na embarcação
Antônio, que o poderio
Ganhou por usurpação,
Quando esse cruel gentio[159]
Deu um destino sombrio
A Próspero, o seu irmão.

A outros três dou menção
Em relato verdadeiro:
Gonçalo, que era, então,
De Alonso o conselheiro;
Trínculo, que era bufão;
E Estefânio, um beberrão
Com função de despenseiro[160].

Desse conjunto inteiro,
Próspero tinha a imagem,
Sorrindo, bem prazenteiro,
Diante da tal miragem.
E, de vingança, um roteiro
Preparava bem ligeiro
Naquele lugar selvagem.

A tempestade

Pra Ariel, que na aragem
Nessa hora cavalgava,
Próspero manda mensagem,
Pela qual ele ordenava
Que Ariel, com voragem[161],
Interrompesse a viagem
Da nau que se aproximava.

Como Ariel comandava
As potestades[162] do ar,
Logo o vento ele açoitava
O navio, a assustar
Cada um que viajava
Na embarcação que inclinava,
Prestes já a naufragar.

Indo os homens ao mar,
Estes pra ilha nadaram.
Em grupos vêm a chegar
Ao abrigo, onde pensaram
Que seus amigos sem par
Não puderam escapar
Das ondas que os tragaram.

Os grupos, assim, vagaram
Pelo lugar majestoso,
Onde aflitos buscaram
Um abrigo precioso.
Com fome e cansaço andaram,
Mas mesmo assim não acharam
O abrigo desejoso.

Ariel, atencioso
Às ordens de seu patrão,
Usa o poder grandioso
Pra cada grupo em questão
Perder-se no lar airoso[163]
De seu amo desditoso:
Foi a sua decisão.

Dos grupos em alusão,
Ponho o foco no primeiro,
Pra mostrar que a ambição
Pode envenenar inteiro
O humano coração,
Dando a isso ilustração
Um plano vil e rasteiro.

---

158. Grande ajuntamento de pessoas; multidão.
159. Aquele que segue a religião pagã. Figurativamente, significa *não civilizado, selvagem, rude*.
160. Pessoa encarregada de uma despensa, copeiro.
161. Aquilo que sorve, traga, devora. Figurativamente, tudo que é tragado ou arrebatado com ímpeto ou violência.
162. Potências, forças, poderes. No texto, o termo se refere aos espíritos do ar.
163. Elegante, gentil, bonito.

Comédias

Iam no grupo parceiro
O rei Alonso e Gonçalo,
Sendo este um conselheiro
Sempre pronto a ajudá-lo.
Com estes, seguem ligeiro
Sebastião, embusteiro[164],
E Antônio, a espreitá-lo.

Estando Alonso e o vassalo
Dormindo em sono profundo,
Sebastião diz sem abalo
A Antônio, cúmplice imundo:
"Meu irmão logo apunhalo,
E, então, depois de matá-lo,
Dono serei de seu mundo".

A ideia calou bem fundo
No coração de Antônio,
A quem bastou um segundo
Pra concordar com o demônio
De quem era oriundo
O plano nauseabundo
Pra aumentar o patrimônio.

O milanês, qual quelônio[165]
Que rasteja ao seguir,
Deixou que cada neurônio
Viesse a contribuir
Com o plano, e sem pandemônio
Firma ali o matrimônio
Entre almas a sorrir.

A dupla, pronta a cumprir
A matança planejada,
Pega a espada pra agredir
O rei que dorme na estrada.
Porém, vindo a intervir,
Ariel pôde impedir
A matança orquestrada.

Pela ação executada
Pelo espírito do ar,
No instante em que cada espada
Era erguida pra matar
O rei e seu camarada,
Esta dupla é acordada,
E Antônio vem a falar:

"Foi preciso empunhar
Nossas armas, pois ouvimos
Um rugido de assustar,
E logo nós deduzimos
Que um leão ia atacar,
E, para o bom livrar,
As espadas exibimos".

Se aqui nós assistimos
A mostra de vilania,
Veremos que os podres limos[166]
Que no tal grupo havia
Também dominam os imos[167]
De outro grupo, como vimos
Há pouco em cena sombria.

A tempestade

Nosso foco se desvia
Para o grupo que é formado
Por Trínculo, que ali seguia,
Com o bebum inveterado
A quem a função cabia
De cuidar, noite e dia,
Da despensa com cuidado.

Esse par muito engraçado,
Por acaso do destino,
Encontra o monstro enfezado,
Caliban, bicho ferino.
Tendo o monstro gostado
Do bobo e do embriagado,
Formou-se o trio ladino[168].

E logo a falta de tino,
Ou a sanha[169] da ambição,
Leva o monstro cretino
A esta declaração:
"Com seu apoio, elimino
Próspero, e então destino
A Estefânio esta nação.

"Será ele o rei, então,
Sendo Miranda a rainha.
Cabe, pois, de antemão,
Pôr fim à erva daninha
Que é este cidadão
Que trouxe a escravidão
E angustia a mente minha".

Com o monstro de alma mesquinha
Concordam os dois parceiros.
E Próspero nem adivinha
O plano dos embusteiros.
Mas, com a brisa marinha,
Ariel colhia a linha
Do acordo dos trapaceiros.

Até aqui, meus parceiros,
Só falei de ambição.
Mas agora, companheiros,
Quero falar de paixão,
Pois entre os forasteiros,
Que ali chegaram ligeiros,
Havia um bom cidadão.

---

164. Que ou aquele que usa de mentira artificiosa para enganar alguém; mentiroso; trambiqueiro.
165. Ordem de répteis à qual pertencem o cágado e a tartaruga.
166. Lama, lodo. Figurativamente, significa *tudo aquilo que é baixo e imundo*, equivalendo a *baixeza, imundície, vileza*.
167. A parte mais profunda do ser. Figurativamente, significa *âmago, centro, coração, espírito*.
168. Astuto, ardiloso.
169. Fúria, ímpeto de raiva; furor.

Comédias

A pessoa em questão
Era o adorável Fernando,
Filho de um maganão[170],
Alonso, o rei tão nefando[171].
Mas contra a filiação,
Tinha ele um coração
Que era puro e tão brando.

Ficara sozinho, quando,
Em grupos, os seus amigos
Pra ilha foram nadando,
Em trapos, como mendigos.
O jovem então foi andando
E os seus pares buscando,
Correndo assim mil perigos.

Cantando hinos antigos,
Ariel guia o rapaz,
Pois viu logo que castigos
Já não merecia mais
O jovem, que busca abrigos
Após sofrer os fustigos[172]
Das ondas e vendavais.

Ariel por isso traz
O jovem até a cela
Onde mil projetos faz
Próspero, que ali vela.
Sendo recebido em paz,
Logo o jovem se refaz
Do cansaço que o flagela.

É então que a filha bela
De Próspero ele encontrou.
Bastou ele olhar pra ela
E logo se apaixonou.
Da mesma forma a donzela,
Mal os olhos nele grela[173],
Em amores se quedou.

Próspero então pensou
"Vai fácil o que fácil vem;
E esse rapaz conquistou
Facilmente o seu bem.
Dificultar então vou
Pra que a moça que lhe dou
Valorize ele também".

Bem duro ele se mantém,
Mantendo o par afastado.
Miranda não se contém
E pede ao pai adorado
Que aprove o amor; porém,
Próspero, como convém,
Diz um não dissimulado.

E antes de um sim ser dado,
Próspero quer comprovar
O valor do interessado
Na sua filha sem par.
Mas, sendo o moço aprovado
No teste apresentado,
Este a moça foi beijar.

A tempestade

Para os noivos alegrar,
Uma peça é encenada
Por gênios, que ao luar
Tornam a noite encantada.
E cada ator, a bailar,
Imita um deus singular
Da Grécia tão celebrada.

Nesse instante, em disparada,
Ariel conta ao patrão
Sobre o plano de emboscada
Que urdiam[174], por ambição,
Caliban e a dupla dada
Que se uniu ao camarada
No plano de traição.

Próspero afirma então
Que, sejam maus ou direitos,
Os homens criados são
Da matéria que são feitos
Os sonhos, e a extensão
De sua curta duração
É a do sono nos leitos.

E pra punir os malfeitos
De Caliban e os seus pares,
Espíritos são eleitos
Entre os que moram nos ares.
Virando os tais cães perfeitos,
Vão perseguir os sujeitos,
Mordendo seus calcanhares.

Próspero, nos polegares
Tinha os seus inimigos,
Que, postos em seus lugares,
Provaram o fel[175] do castigo.
Mas, com gestos exemplares,
Perdoa os seres vulgares
Pelos erros já antigos.

Ariel e seus amigos
São então ali chamados
Pra trazerem aos abrigos
Para eles destinados
Os náufragos, que perigos,
Fome, medo e fustigos
Sorveram desesperados.

---

170. Que ou quem demonstra pouca ou nenhuma responsabilidade, malandro.
171. Odioso, perverso.
172. Pancada com a ponta da lança. Figurativamente, significa *castigo*.
173. (v.) Arregala, fixa a vista em algo ou alguém.
174. Maquinavam, arquitetavam.
175. Líquido corporal muito amargo, contido numa vesícula aderente ao fígado. Figurativamente, significa *coisa muito amarga*.

Sendo os homens carregados
Por seres que eles não viam,
Ficaram impressionados
Com o que ali vivenciam.
Tendo sido transportados,
Foram então desmascarados,
Pois de Próspero isto ouviam:

"Vocês, certamente, criam
Que eu já tivesse morrido,
E alguns, por certo, queriam
Que isso tivesse ocorrido.
Pelo que aos outros faziam
Esses até mereciam
Um castigo desmedido.

"Eu era muito querido
Em Milão, meu lar amado.
Porém, fui destituído
Por meu irmão desalmado.
Agindo como bandido,
Este ser, grande atrevido,
Usurpou o meu ducado[176].

"Foi ele auxiliado
Pelo rei napolitano,
Aqui quase assassinado
Pelo seu irmão tirano.
Mas tudo isso é passado,
Pois tenho aqui perdoado
Cada ato desumano".

Antônio, que do seu mano
Tomara à força o poder,
Tenta reparar o dano
Que fez o irmão padecer:
O título soberano
De duque vem o fulano
A Próspero devolver.

E antes de eu esquecer,
Vou aqui logo informando
Que Alonso estava a sofrer,
Pois continuava achando
Que o filho veio a morrer
Quando veio a ocorrer
O maremoto nefando.

Próspero, dor simulando,
Diz para o rei que sofria:
"Igual dor vai inundando
Minha alma de agonia,
Pois choras por teu Fernando
E a perda vou lamentando
Da filhinha que eu queria".

Alonso, o rei, não sabia
Que Próspero anunciava
Que a filha se casaria
Com Fernando, a quem amava.
Dessa forma, deixaria
De seu pai a moradia
Em que agora habitava.

A tempestade

Logo Próspero guiava
O rei Alonso à cela
Onde Fernando jogava
Xadrez com sua donzela.
Vendo o filho que ali estava,
Logo a alegria tomava
O choroso rei em tela.

Diante da moça bela,
O rei Alonso, contente,
Dá seu aval e chancela
Ao casamento iminente.
E, abraçando o pai dela,
O monarca ali revela
Que virara boa gente.

E Próspero, sorridente,
Os seus servos libertou
E no gesto comovente
Deixa a ilha onde morou.
Vai pra Milão, finalmente,
Como duque novamente,
Pois tudo reconquistou.

E me despedindo vou
De meus diletos leitores;
A história se acabou,
Findaram os dissabores,
Pois cada um que atuou
Na peça que se contou
Merece palma e louvores.

176. Território que forma o domínio de um duque soberano.

Drama histórico

Ricardo III

A vida de reis ingleses,
Shakespeare, altaneiro[177],
Transformou em belas peças,
Como se vê, companheiro,
De um modo categórico,
No belo drama histórico
Do rei Ricardo III.

O referido monarca
Subiu ao trono real
Antes de vir ao Brasil
Pedro Álvares Cabral.
Fratricida[178] se tornou
Quando os dois irmãos levou
A uma armadilha mortal.

Portanto, sem perder tempo,
Adianto pra vocês
Que foi traiçoeiro e vil
O citado rei inglês:
Como aqui lhes contarei,
Para chegar a ser rei,
Coisas horrorosas fez.

---

177. Altivo, sobranceiro, imperioso.
178. Assassino de irmão ou de irmã.

Drama histórico

Como ele próprio informa
Na famosa peça em tela,
Por ser deformado e feio,
Não atraía donzela.
E foi por essa razão
Que decidiu ser vilão,
Conforme a peça revela.

Os Lencastre e os York
Estavam em sangrenta guerra,
Disputando, ferozmente,
O trono da Inglaterra.
Três décadas espinhosas
Durou a Guerra das Rosas[179],
Trazendo tristeza à terra.

Com a vitória dos York
Sobre a casa de Lencastre,
O monarca Henrique VI,
Para que a dor não se alastre,
Diz adeus à monarquia,
Vendo a sua dinastia
A um passo do desastre.

Os York, com a vitória,
Fizeram rei Eduardo,
Que era irmão de George
E do pérfido Ricardo.
Eduardo IV, então,
Foi a denominação
Do York felizardo.

Em duque, cada irmão
Do rei veio a se tornar:
Duque de Clarence, George
Veio então a se chamar.
Já Ricardo, o rei do truque,
De Glaucester fez-se duque,
Um título singular.

Entretanto, o vil Ricardo,
Movido pela ambição,
Não se conteve com o título
Entregue pelo irmão:
Desejava era ser rei,
Mesmo que infringisse a lei
De Deus, Pai da criação.

Para alcançar seu intento,
Logo um plano ele urdia[180],
Fazendo chegar ao rei
Uma estranha profecia,
A qual conto pra você:
Um misterioso G
Matar o monarca iria.

Acreditando na história
E por Ricardo induzido,
O monarca achou que George
Era o vilão aludido
Que queria lhe matar.
Assim, veio a ordenar
A prisão do referido.

Ricardo III

Ricardo disse pra George
No caminho pra masmorra:
"Elisabeth, a rainha,
Deseja que você morra.
Ela que o pôs na prisão.
Mas ao rei, meu bom irmão,
Pedirei que te socorra".

Porém, no que ele dizia
Só havia falsidade,
Uma vez que o vil Ricardo
É que era, na verdade,
O autor daquela armadilha
Que levara pra bastilha[181]
O irmão, sem piedade.

Pra completar o seu plano
Cruel e impenitente,
Contratou dois assassinos
Para imediatamente
Matarem o irmão preso,
O qual, ali, indefeso,
Teve um destino inclemente.

E, não contente em mandar
Assassinar o irmão,
Ricardo culpa a rainha
Por aquela vil ação.
Ele foi tão convincente
Que fez com que muita gente
Caísse nessa armação.

Porém, a mãe de Ricardo
Já há muito pressentira
Que o filho era um monstro
E que a muitos já traíra.
Pediu perdão a Jesus
Por ter dado, um dia, à luz
Um amante da mentira.

Pouco depois, ocorreu
De o rei também falecer.
Foi uma morte inesperada,
Pois parecia ele ter
Tão vigorosa saúde,
Tendo ainda juventude
Pra muitos anos viver.

---

179. A Guerra das Rosas (ou Guerra das Duas Rosas) foi uma série de disputas pelo trono da Inglaterra, que ocorreu entre 1455 e 1485. Em campos opostos encontravam-se as dinastias (ou casas) de York, cujo símbolo era a rosa branca, e de Lencastre, que tinha uma rosa vermelha como símbolo. No fim da Guerra das Rosas, Isabel de York casou-se com o rei Henrique VII, da Inglaterra, um lencastriano, e os seus descendentes reinaram e formaram a Casa de Tudor, cujo símbolo era uma rosa que possuía as cores branca e vermelha.
180. Arquitetava, maquinava.
181. Dava-se o nome de *bastilha* a determinadas fortalezas avançadas de certas cidades na Idade Média. Na França, passou a designar, a partir do início do século XVII, *prisão*. A esse respeito, a Bastilha de Saint-Antoine tornou-se célebre por ter sido o palco do evento histórico conhecido como a Tomada da Bastilha, dizendo respeito à libertação (pela população) dos presos que ali estavam, em 14 de julho de 1789, fato que se tornou um símbolo do início da Revolução Francesa. No texto, é empregado no sentido de *prisão*.

Drama histórico

Dada a surpreendente
Morte do monarca amado,
Houve quem desconfiasse
Que ele fora envenenado.
E o culpado? Só podia
Ser Ricardo, que queria
O trono do irmão finado.

Para piorar o quadro,
Ricardo era o tutor
Do bom príncipe Eduardo,
Que era filho e sucessor
Do rei recém-falecido,
Tendo o jovem recebido
O nome do genitor.

Não tardou para Ricardo
Mostrar toda a vilania
De um coração que buscava
O que não lhe pertencia,
Pois veio o duque mesquinho
A impedir que o sobrinho
Viesse a ser rei um dia.

Sequioso[182] pelo trono,
Eis que o pérfido Ricardo
Mandou isolar na torre
Esse príncipe Eduardo.
Então, o duque mordaz[183]
Inventou que o rapaz
Era um herdeiro bastardo.

Ao torpe Duque de Buckingham[184],
Ricardo logo ordenou
Que espalhasse a mentira
Que ele, então, fabricou.
E o cabra de mau agouro,
Prometendo muito ouro,
Ao seu cúmplice falou:

"Espalhe pra todo o mundo
Que o príncipe nasceu
De relação ilegítima,
Uma vez que o irmão meu,
Sendo amante da luxúria,
De uma união espúria[185]
Teve esse filho seu.

"Também poderá dizer
Que o rei recém-falecido
Era um filho bastardo,
Pois foi ele concebido
Quando pai estava em guerra,
Distante da Inglaterra,
Longe do berço querido".

Ambicionando a riqueza
Que havia sido ofertada,
Buckingham logo aceitou
Se envolver na jogada,
Dando força à tal mentira
Que o cruel Ricardo urdira
Em sua mente malvada.

Ricardo III

O Parlamento, então,
Depressa se reuniu,
Emitindo um documento
Pelo qual se excluiu
Do príncipe na prisão
O direito à sucessão
Ao bom rei que sucumbiu.

Portanto, meus camaradas,
Como eu aqui lhes mostrei,
O monstruoso Ricardo,
Burlando e manchando a lei,
Foi materializando
O seu projeto nefando[186]
De um dia tornar-se rei.

Dezessete anos antes
De o Brasil ser descoberto,
Ricardo, efetivamente,
Viu o caminho aberto
Para tornar-se o dono
Do ambicionado trono,
Algo que julgava certo.

Há relatos que afirmam
Que Ricardo, o rei novo,
Nunca veio a receber
A aclamação do povo.
Não sendo, assim, popular,
Não saía de seu lar,
Qual ave oculta num ovo.

Do mesmo modo, informam
Alguns livros publicados
Que o rei Ricardo mandou
Que fossem assassinados
Os filhos de seu irmão,
Os quais o vil cidadão
Mantinha aprisionados.

Com o assassinato dos príncipes,
Ricardo eliminava
Os lídimos[187] sucessores
Do irmão que morto estava.
Assim, o usurpador,
Não vendo mais sucessor,
Em seu trono descansava.

---

182. Sedento. Figurativamente, significa *ávido, muito desejoso*.
183. Corrosivo, destruidor.
184. O Duque de Buckingham, cujo nome real era Henry Stafford, foi um grande aliado de Ricardo III. No entanto, ao ver que não haveria nenhuma possibilidade de vir a conquistar o trono, decidiu apoiar Henrique Tudor, que era o Conde de Richmond. Ricardo III, conseguindo sufocar o golpe que aí se montava, mandou matar o Duque de Buckingham, o qual foi executado na cidade de Salisbury.
185. Figurativamente, significa *ilegítima, adulterada*.
186. Abominável, odioso.
187. Legítimos, autênticos.

Drama histórico

Todavia, seu descanso
Por muito pouco durou,
Pois a casa de Lencastre
A roda-viva girou,
Usando a força de torque[188]
Contra a casa de York,
Que em descrédito ficou.

Assim, a Guerra das Rosas
Ressurgia ainda mais forte;
As trombetas ecoaram
Lá no Hemisfério Norte,
Anunciando na terra
Que as ceifadoras[189] da guerra
Iriam espalhar a morte.

Contra as forças de Ricardo,
Richmond se ergueu;
Um embate colossal,
Então, se estabeleceu.
E a lua, enorme e exangue[190],
Ocultou-se, vendo o sangue
Que dos soldados verteu.

O rei, que era perito
Na estratégia militar,
Acompanhava seus homens
Naquela guerra sem par.
De um lado ao outro galopa,
Dando orientação à tropa,
Motivando-a a lutar.

Foi então que, por fantasmas,
Ricardo foi visitado:
Os espectros das pessoas
Que ele tinha assassinado.
Por um a um desses entes,
O vil rei, batendo os dentes,
Foi logo amaldiçoado.

Abalado pelas vozes
Desses seres fantasmais,
Ricardo ia perdendo
Suas forças mais e mais.
Mesmo assim, o rei nefando
Continuava lutando
De uma maneira tenaz.

Ricardo III

No entanto, esse malvado
Perdeu sua montaria,
Que, atingida no flanco,
No duro solo caía.
Grita, então, a um vassalo:
"Meu reino por um cavalo",
Frase final que exprimia.

Pois logo, ele sofria
Uma estocada mortal
Da espada de Richmond,
Guerreiro excepcional,
Que impunha ao inimigo
O merecido castigo
A quem semeara o mal.

Com a morte de Ricardo,
Voltou a reinar a paz
No solo da Inglaterra,
Que sofrera por demais.
Aos York, o desastre;
Glória à casa de Lencastre,
Que reinava outra vez mais.

Termina, assim, a história
Do monarca embusteiro[191],
Que Shakespeare retrata
Como um ser traiçoeiro,
Pois, pra chegar a ser rei,
Infringiu de Deus a lei,
Se perdendo por inteiro.

188. Na Física, diz respeito à tendência de uma força para rodar um objeto em torno de um eixo.
189. Aquelas que usam a foice, principalmente para a colheita. No trecho, remete ao trabalho da Morte e de suas auxiliadoras em meio à guerra.
190. Pálida; que perdeu as forças; debilitada, enfraquecida.
191. Que ou aquele que usa de mentira artificiosa para enganar alguém; mentiroso; trambiqueiro.

Apêndice

Considerações sobre as peças shakespearianas vertidas

Tragédias

A tragédia *Romeu e Julieta* (*Romeo and Juliet*) foi escrita entre 1591 e 1595. A fonte do texto é o conto "A trágica história de Romeu e Julieta", escrito por Arthur Brooke, em 1562. A peça em cinco atos, escrita no início da carreira de Shakespeare, alcançou imediata popularidade. O drama dos jovens amantes cujas famílias se odeiam vem encantando plateias do mundo inteiro desde então, tendo sido adaptada para o cinema, a literatura, a música, a dança e as artes plásticas.

Hamlet (*The Tragedy of Hamlet*) foi escrita por Shakespeare entre 1599 e 1601. Costuma-se apontar como fontes da peça dois trabalhos: a lenda de Amleto, que está preservada na *Gesta Danorum*, obra do século XIII do cronista Saxo Grammaticus; uma peça do teatro isabelino, denominada *Ur-Hamlet*. Nesta que é a mais longa das peças de Shakespeare, nenhum dos personagens principais é poupado da morte. Um ponto alto da peça é o célebre monólogo de Hamlet (recitado por alguns atores com uma caveira na mão): "Ser ou não ser, eis a questão.". Outra frase igualmente famosa é "Há mais coisas entre o céu e a terra do que supõe nossa vã filosofia", pronunciada por Hamlet depois de ver o fantasma do pai. Quanto às versões cinematográficas da obra, destaca-se o filme de 1948, dirigido e protagonizado por Laurence Olivier. Vale lembrar ainda a versão dirigida por Franco Zeffirelli, de 1990, com Mel Gibson no papel principal e Glenn Close como a rainha, mãe de Hamlet.

Shakespeare escreveu a tragédia *Otelo* (*Othello, the Moor of Venice*) por volta de 1603. Várias obras já fizeram alguma referência a este trabalho de Shakespeare, incluindo o romance *Dom Casmurro*. A importância da peça é tão grande para o entendimento da psicologia da protagonista do referido romance que a americana Helen Caldwell não hesita em descrever essa narrativa como "o Othello brasileiro de Machado de Assis". A popularidade e a atualidade sempre renovada da peça podem ser explicadas em função dos temas presentes na obra, como o ciúme e a traição. A obra já teve várias versões para o cinema, a televisão e o teatro. Ela é, a propósito, a peça de Shakespeare mais encenada na Broadway. No cinema, destaca-se o filme de 1995, dirigido por Oliver Park e que traz Laurence Fishburne no papel principal. Além dele, estrelam o filme Iréne Jacob, no papel de Desdêmona, e Kenneth Branagh, que interpreta o pérfido Iago.

Macbeth (*The Tragedy of Macbeth*) foi escrita por Shakespeare entre 1603 e 1607. Esta, que é a tragédia mais curta do autor inglês, teve como uma das fontes principais a obra *Crônicas da Inglaterra, Escócia e Irlanda*, de 1587. Uma questão que é alvo de grandes discussões no campo acadêmico diz respeito à influência (ou não) das bruxas sobre as decisões tomadas pelo protagonista em cumplicidade com Lady Macbeth, sua esposa. No teatro, considera-se a produção dirigida em 1976, por Trevor Nunn, como uma das melhores encenações de *Macbeth* ocorridas ao longo do século XX. No cinema, vale ressaltar a versão que Orson Welles dirigiu (e na

qual também fez o papel principal) em 1948, tendo no elenco os nomes de Jeanett Nolan (Lady Macbeth), Dan O'Herlihy (Macduff), Roddy McDowall (Malcolm) e Edgar Barrier (Banquo).

Rei Lear (*King Lear*) foi escrita por Shakespeare em torno de 1605, tendo como base antigas lendas britânicas. A história do rei que enlouquece depois de ser traído por duas de suas três filhas já teve numerosas versões para o teatro, a televisão e o cinema. Merecem ser mencionados os filmes *Ran*, de 1985, dirigido por Akira Kurosawa, e *Rei Lear*, de 1983, dirigido por Michael Elliot e cujo papel principal foi interpretado por Laurence Olivier. Em 1987, Jean-Luc Godard fez uma livre adaptação da peça de Shakespeare, inserindo a narrativa em um momento histórico imediatamente posterior à explosão nuclear de Chernobyl. No elenco dessa releitura fílmica da peça, teve destaque o nome de Woody Allen.

Comédias

A comédia *Sonho de uma noite de verão* (*A Midsummer Night's Dream*) foi escrita entre 1594 e 1596. Embora não se conheça um texto específico que tenha servido de fonte de inspiração para a criação da peça, nela podem-se notar várias alusões à mitologia greco-romana e à literatura do período clássico. Entre essas referências, está a transformação da personagem Bottom em burro, certamente extraída de *O asno de ouro*, de Apuleio. A imediata recepção da peça pelo público pode ser explicada em parte pelo ambiente ao mesmo tempo lírico, encantador e cômico que o texto apresenta. Não é à toa, portanto, que o crítico estadunidense Harold Bloom defende que "Nada escrito por Shakespeare antes de *Sonho de uma*

noite de verão se equipara a essa peça e, até certo ponto, nada escrito por ele depois irá superá-la. Trata-se, sem dúvida, de sua primeira obra-prima, perfeita, uma de suas peças (em conjunto de dez ou doze) que apresenta força e originalidade admiráveis".

O mercador de Veneza (*The Merchant of Venice*) foi escrita provavelmente entre 1596 e 1598. A peça foi concebida para ser uma comédia, principalmente pelo seu fecho, em que os amantes se reúnem e o vilão é punido. Não obstante, a presença na obra de temas como o da punição do judeu fez com que ela ganhasse um tom mais pesado, aproximando-a dos textos dramáticos. Há na peça algumas passagens que seriam constantemente revisitadas por outros autores ao longo dos séculos, como é o caso da retirada da libra de carne do corpo do devedor como pagamento de uma dívida, cena presente, por exemplo, em *O auto da compadecida*, de Ariano Suassuna, e em alguns contos de Pedro Malasartes. Entre as versões cinematográficas da obra, sobressai o filme de 2004, dirigido por Michael Radford e estrelado por Jeremy Irons, Lynn Collins e Al Pacino (que fez uma brilhante interpretação do agiota Shylock).

Escrita por volta de 1597, a peça *A megera domada* (*The Taming of the Shrew*) foi uma das primeiras comédias escritas por William Shakespeare. Tendo como temas o casamento e a guerra dos sexos, questões abordadas em outras comédias do autor (*Sonho de uma noite de verão*, *Muito barulho por nada* etc.), a peça já recebeu várias versões para o teatro, o cinema e a televisão. Em relação a esta última, vale destacar a telenovela *O cravo e a rosa*, exibida pela Rede Globo entre 2000 e 2001. Em algumas versões para o teatro, pode-se observar um claro interesse em demonstrar que Catarina não teria sido realmente "domada" por Petrucchio,

Apêndice

seu esposo. Para tanto, a atriz que interpreta a megera costuma se dirigir até a plateia e mostrar a língua contra a bochecha na cena em que ela faz o longo discurso em favor do marido e da paz entre os casais. Com isso, ela sugere que todo o referido discurso se tratava apenas de um embuste. Por fim, vale lembrar que a decisão de zombar do bêbado Sly termina inserindo uma peça dentro da peça, circunstância igualmente observada na tragédia de *Hamlet*, na qual a personagem principal contrata atores para encenarem um assassinato e, assim, observar se o tio demonstraria ser culpado pela morte do irmão, pai de Hamlet.

Muito barulho por nada (Much Ado about Nothing) foi escrita provavelmente em 1598. Para escrevê-la, Shakespeare recorreu a *Orlando Furioso*, de Ludovico Ariosto, entre outras obras. O tema da guerra dos sexos, presente em outras peças de Shakespeare, é brilhantemente trabalhado através de Beatriz e Benedito, verdadeiros esgrimistas da palavra. Em oposição a esse par, que proclama seu desdém pelo amor, o casal jovem e apaixonado formado por Cláudio e Hero representa os que se deixam dominar pelas ilusões da paixão. Não falta ainda a figura do vilão, representado por dom João, indivíduo capaz de criar os piores ardis para separar Cláudio e Hero. No final, com a fuga do vilão, os casais celebram com música e danças o seu amor. Entre as versões cinematográficas da obra, que tiveram início já em 1913, merece destaque o filme de 1994, estrelado por Emma Thompson, Denzel Washington, Keanu Reeves, Michael Keaton e Kenneth Branagh (que também dirigiu a película).

A tempestade (The Tempest), escrita em 1611, foi a peça que encerrou a carreira literária de William Shakespeare. A fonte que serviu de base para a construção do texto é alvo de controvérsias.

Sabe-se, porém, que o bardo inglês recorreu ao livro *De orbe novo*, de 1530, no qual Peter Martur faz a descrição de suas viagens marítimas às Américas. Há ainda passagens do texto que remetem ao ensaio *Dos canibais*, de Michel de Montaigne. Entre as personagens mais analisadas da peça, é importante mencionar o escravo disforme Caliban (certamente, um anagrama de Canibal), considerado por alguns pesquisadores como uma representação do colonizado que se rebela contra o invasor. Nesse sentido, ele se opõe a Ariel, espírito subserviente a Próspero. Faz parte da obra uma das frases mais conhecidas de Shakespeare: "Somos da mesma matéria de que são feitos os sonhos" (*We are such stuff as dreams are made on*), citada, por exemplo, pela personagem de Humphrey Bogart no filme *Relíquia macabra* (*The Maltese Falcon*), de 1941.

Drama histórico

Ricardo III (*The Tragedy of Richard, the Third*) foi escrita provavelmente em 1592, tendo como referência a história real do rei Ricardo III da Inglaterra. A construção da protagonista como um monarca facínora agradou bastante ao público contemporâneo de Shakespeare. Entretanto, esse retrato da personagem tem sido contestado pelos historiadores, que afirmam que o bardo inglês não apenas exagerou no tocante aos atos questionáveis do rei, como também omitiu uma série de boas realizações do monarca. A peça, embora autônoma, pode ser mais bem entendida quando lida em sequência à trilogia que Shakespeare consagrou ao rei Henrique VI. É da peça a célebre frase "Meu reino por um cavalo", pronunciada pelo rei Ricardo pouco antes de morrer em luta contra Richmond.

O autor

Stélio Torquato Lima nasceu em Fortaleza, em 8 de outubro de 1966. É doutor em Letras pela Universidade Federal da Paraíba (UFPB) e professor de Literaturas Africanas de Língua Portuguesa na Universidade Federal do Ceará (UFC), onde também coordena o Grupo de Estudos Literatura Popular (GELP).

Em cordel, publicou a versão de 15 obras da literatura universal e também uma do romance *Iracema*, de José de Alencar.

O cordel *Lógikka, a Bruxinha Verde*, de sua autoria, foi selecionado no Prêmio Mais Cultura de Literatura de Cordel 2010 – Edição Patativa do Assaré, organizado pelo Ministério da Cultura.

Em 2011, seu cordel *O Pastorzinho de Nuvens* foi premiado em primeiro lugar (categoria 6 a 7 anos) pelo PAIC (Programa de Alfabetização na Idade Certa), da Secretaria de Educação do Estado do Ceará.

O ilustrador

Fernando Vilela é artista plástico, escritor, ilustrador, *designer* e professor. Ministra palestras e cursos de arte e ilustração, além de escrever e ilustrar livros infantis e juvenis, publicados em sete países.

Em 2005 e 2007, participou da Bienal Internacional de Ilustração de Bratislava, na Eslováquia, e em 2008 da Ilustrarte, em Portugal. Realizou ainda exposições em diversos países e, em 2012, expôs na Pinacoteca do Estado de São Paulo. Seus trabalhos estão em importantes acervos como o do MoMA, em Nova York.

Escreveu e ilustrou treze livros infantojuvenis, dos quais o primeiro, *Lampião e Lancelote* (2006), recebeu em 2007 Menção Honrosa na categoria Novos Horizontes, na Feira Internacional do Livro Infantil de Bolonha, e dois Prêmios Jabuti.

As ilustrações de *Shakespeare nas rimas do cordel* foram feitas com xilogravura, pintura a nanquim e carimbos de borracha, produzidos pelo próprio artista com ferramentas de xilogravura, inspirando-se nas vestimentas de época e em padrões decorativos de castelos.

Alguns de seus trabalhos podem ser vistos no *site* www.fernandovilela.com.br.

Este livro foi composto em Berkeley Oldstyle
para a Editora Giramundo em junho de 2013.